一目瞭然 對照表

日文的漢字
中文的漢字

簡體字　繁體字

編 伊奈垣圭映
繪 陣条和榮

鴻儒堂出版社發行

目次

*本書所提的“中學小學”是指日本公立中小學。

本書使用說明

○收錄日本的小學（1006個字）及中學（1130個字）所學習的漢字。依學年，並按各個學年的漢字音讀及訓讀順序，以五十音順排列。

○每一個漢字各依序號、常用漢字、音訓讀法、簡體字、漢語拼音、繁體字、注音符號的順序以縱向排列。各以其代表性的讀法登載。

○每一個漢字中，字形相異者以紅字、相同者以黑字表示。日文的漢字是以教科書體，中文的漢字是以楷書體，每個漢字皆經嚴謹比對。

○日文國字中，無中文漢字的以「*」印記。

○本書末附上常用漢字音訓索引、拼音・注音音節索引。

序號

	391	392	393
常用	畑	発	反
音訓	はたけ	ハツ	そる ハン
簡体	*	发	反
拼音		fā	fǎn
繁体	*	發	反
注音		ㄈㄚ	ㄈㄢˇ

字形相異者,以紅字表示。

訓讀以平假名、紅字為送假名。音讀以片假名表示。

字形相同者,以黑字表示。

日文國字中,無中文漢字者。

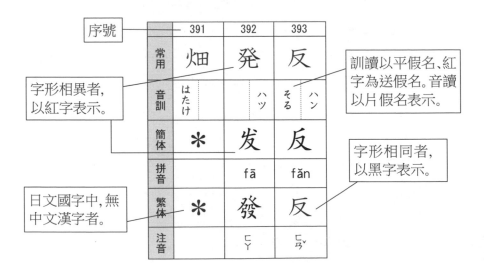

小學1年級學的漢字 80

目次

漢字検定10級

小学校１年配当　80字　漢検10級

	1	2	3	4	5	6
常用	一	右	雨	円	王	音
音訓	イチ / ひとつ	ウ / みぎ	ウ / あめ	エン / まるい	オウ	オン / おと
簡体	一	右	雨	圆	王	音
拼音	yī	yòu	yǔ	yuán	wáng	yīn
繁体	一	右	雨	圓	王	音
注音	ㄧ	ㄧㄡˋ	ㄩˇ	ㄩㄢˊ	ㄨㄤˊ	ㄧㄣ

	7	8	9	10	11	12
常用	下	火	花	貝	学	気
音訓	カ / した	カ / ひ	カ / はな	かい	ガク / まなぶ	キ
簡体	下	火	花	贝	学	气
拼音	xià	huǒ	huā	bèi	xué	qì
繁体	下	火	花	貝	學	氣
注音	ㄒㄧㄚˋ	ㄏㄨㄛˇ	ㄏㄨㄚ	ㄅㄟˋ	ㄒㄩㄝˊ	ㄑㄧˋ

	13	14	15	16	17	18
常用	九	休	玉	金	空	月
音訓	キュウ / ここのつ	キュウ / やすむ	ギョク / たま	キン / かね	クウ / そら	ゲツ / つき
簡体	九	休	玉	金	空	月
拼音	jiǔ	xiū	yù	jīn	kōng	yuè
繁体	九	休	玉	金	空	月
注音	ㄐㄧㄡˇ	ㄒㄧㄡ	ㄩˋ	ㄐㄧㄣ	ㄎㄨㄥ	ㄩㄝˋ

	19	20	21	22	23	24
常用	犬	見	五	口	校	左
音訓	ケン / いぬ	ケン / みる	ゴ / いつつ	コウ / くち	コウ	サ / ひだり
簡体	犬	见	五	口	校	左
拼音	quǎn	jiàn	wǔ	kǒu	xiào	zuǒ
繁体	犬	見	五	口	校	左
注音	ㄑㄩㄢˇ	ㄐㄧㄢˋ	ㄨˇ	ㄎㄡˇ	ㄒㄧㄠˋ	ㄗㄨㄛˇ

	25	26	27	28	29	30
常用	三	山	子	四	糸	字
音訓	サン / みっつ	サン / やま	シ / こ	シ / よっつ	シ / いと	ジ / あざ
簡体	三	山	子	四	丝	字
拼音	sān	shān	zǐ	sì	sī	zì
繁体	三	山	子	四	絲	字
注音	ㄙㄢ	ㄕㄢ	ㄗˇ	ㄙˋ	ㄙ	ㄗˋ

	31	32	33	34	35	36
常用	耳	七	車	手	十	出
音訓	ジ / みみ	シチ / ななつ	シャ / くるま	シュ / て	ジュウ / とお	シュツ / でる
簡体	耳	七	车	手	十	出
拼音	ěr	qī	chē	shǒu	shí	chū
繁体	耳	七	車	手	十	出
注音	ㄦˇ	ㄑㄧ	ㄔㄜ	ㄕㄡˇ	ㄕˊ	ㄔㄨ

	37	38	39	40	41	42
常用	女	小	上	森	人	水
音訓	ジョ / おんな	ショウ / ちいさい	ジョウ / うえ	シン / もり	ジン / ひと	スイ / みず
簡体	女	小	上	森	人	水
拼音	nǚ	xiǎo	shàng	sēn	rén	shuǐ
繁体	女	小	上	森	人	水
注音	ㄋㄩˇ	ㄒㄧㄠˇ	ㄕㄤˋ	ㄙㄣ	ㄖㄣˊ	ㄕㄨㄟˇ

	43	44	45	46	47	48
常用	正	生	青	夕	石	赤
音訓	セイ / ただしい	セイ / いきる	セイ / あお	セキ / ゆう	セキ / いし	セキ / あか
簡体	正	生	青	夕	石	赤
拼音	zhèng	shēng	qīng	xī	shí	chì
繁体	正	生	青	夕	石	赤
注音	ㄓㄥˋ	ㄕㄥ	ㄑㄧㄥ	ㄒㄧˋ	ㄕˊ	ㄔˋ

	49	50	51	52	53	54
常用	千	川	先	早	草	足
音訓	セン / ち	セン / かわ	セン / さき	ソウ / はやい	ソウ / くさ	ソク / あし
簡体	千	川	先	早	草	足
拼音	qiān	chuān	xiān	zǎo	cǎo	zú
繁体	千	川	先	早	草	足
注音	ㄑㄧㄢ	ㄔㄨㄢ	ㄒㄧㄢ	ㄗㄠˇ	ㄘㄠˇ	ㄗㄨˊ

	55	56	57	58	59	60
常用	村	大	男	竹	中	虫
音訓	ソン / むら	ダイ / おおきい	ダン / おとこ	チク / たけ	チュウ / なか	チュウ / むし
簡体	村	大	男	竹	中	虫
拼音	cūn	dà	nán	zhú	zhōng	chóng
繁体	村	大	男	竹	中	蟲
注音	ㄘㄨㄣ	ㄉㄚˋ	ㄋㄢˊ	ㄓㄨˊ	ㄓㄨㄥ	ㄔㄨㄥˊ

	61	62	63	64	65	66
常用	町	天	田	土	二	日
音訓	チョウ / まち	テン / あま	デン / た	ド / つち	ニ / ふたつ	ニチ / ひ
簡体	町	天	田	土	二	日
拼音	dīng	tiān	tián	tǔ	èr	rì
繁体	町	天	田	土	二	日
注音	ㄉㄧㄥ	ㄊㄧㄢ	ㄊㄧㄢˊ	ㄊㄨˇ	ㄦˋ	ㄖˋ

	67	68	69	70	71	72
常用	入	年	白	八	百	文
音訓	ニュウ / はいる	ネン / とし	ハク / しろ	ハチ / やっつ	ヒャク	ブン / ふみ
簡体	入	年	白	八	百	文
拼音	rù	nián	bái	bā	bǎi	wén
繁体	入	年	白	八	百	文
注音	ㄖㄨˋ	ㄋㄧㄢˊ	ㄅㄞˊ	ㄅㄚ	ㄅㄞˇ	ㄨㄣˊ

	73	74	75	76	77	78
常用	木	本	名	目	立	力
音訓	モク / き	ホン / もと	メイ / な	モク / め	リツ / たつ	リョク / ちから
簡体	木	本	名	目	立	力
拼音	mù	běn	míng	mù	lì	lì
繁体	木	本	名	目	立	力
注音	ㄇㄨˋ	ㄅㄣˇ	ㄇㄧㄥˊ	ㄇㄨˋ	ㄌㄧˋ	ㄌㄧˋ

	79	80
常用	林	六
音訓	リン / はやし	ロク / むっつ
簡体	林	六
拼音	lín	liù
繁体	林	六
注音	ㄌㄧㄣˊ	ㄌㄧㄡˋ

小學 2年級 學的漢字 160

目次

漢字検定9級

小学校２年配当　160字　漢検９級

	81	82	83	84	85	86
常用	引	羽	雲	園	遠	何
音訓	イン ひく	ウ はね	ウン くも	エン その	エン とおい	カ なに
簡体	引	羽	云	园	远	何
拼音	yǐn	yǔ	yún	yuán	yuǎn	hé
繁体	引	羽	雲	園	遠	何
注音	ㄧㄣˇ	ㄩˇ	ㄩㄣˊ	ㄩㄢˊ	ㄩㄢˇ	ㄏㄜˊ

	87	88	89	90	91	92
常用	科	夏	家	歌	画	回
音訓	カ	カ なつ	カ いえ	カ うた	ガ	カイ まわる
簡体	科	夏	家	歌	画	回
拼音	kē	xià	jiā	gē	huà	huí
繁体	科	夏	家	歌	畫	回
注音	ㄎㄜ	ㄒㄧㄚˋ	ㄐㄧㄚ	ㄍㄜ	ㄏㄨㄚˋ	ㄏㄨㄟˊ

	93	94	95	96	97	98
常用	会	海	絵	外	角	楽
音訓	カイ あう	カイ うみ	エ	ガイ そと	カク かど	ガク たのしい
簡体	会	海	绘	外	角	乐
拼音	huì	hăi	huì	wài	jiăo	lè
繁体	會	海	繪	外	角	樂
注音	ㄏㄨㄟˋ	ㄏㄞˇ	ㄏㄨㄟˋ	ㄨㄞˋ	ㄐㄧㄠˇ	ㄌㄜˋ

	99	100	101	102	103	104
常用	活	間	丸	岩	顔	汽
音訓	カツ	カン あいだ	ガン まる	ガン いわ	ガン かお	キ
簡体	活	间	丸	岩	颜	汽
拼音	huó	jiān	wán	yán	yán	qì
繁体	活	間	丸	岩	顏	汽
注音	ㄏㄨㄛˊ	ㄐㄧㄢ	ㄨㄢˊ	ㄧㄢˊ	ㄧㄢˊ	ㄑㄧˋ

	105	106	107	108	109	110
常用	記	帰	弓	牛	魚	京
音訓	キ しるす	キ かえる	キュウ ゆみ	ギュウ うし	ギョ さかな	キョウ
簡体	记	归	弓	牛	鱼	京
拼音	jì	guī	gōng	niú	yú	jīng
繁体	記	歸	弓	牛	魚	京
注音	ㄐㄧˋ	ㄍㄨㄟ	ㄍㄨㄥ	ㄋㄧㄡˊ	ㄩˊ	ㄐㄧㄥ

	111	112	113	114	115	116
常用	強	教	近	兄	形	計
音訓	キョウ つよい	キョウ おしえる	キン ちかい	キョウ あに	ケイ かたち	ケイ はかる
簡体	强	教	近	兄	形	计
拼音	qiáng	jiāo	jìn	xiōng	xíng	jì
繁体	強	教	近	兄	形	計
注音	ㄑㄧㄤˊ	ㄐㄧㄠ	ㄐㄧㄣˋ	ㄒㄩㄥ	ㄒㄧㄥˊ	ㄐㄧˋ

	117	118	119	120	121	122
常用	元	言	原	戸	古	午
音訓	ゲン もと	ゲン いう	ゲン はら	コ と	コ ふるい	ゴ
簡体	元	言	原	户	古	午
拼音	yuán	yán	yuán	hù	gǔ	wǔ
繁体	元	言	原	戶	古	午
注音	ㄩㄢˊ	ㄧㄢˊ	ㄩㄢˊ	ㄏㄨˋ	ㄍㄨˇ	ㄨˇ

	123	124	125	126	127	128
常用	後	語	工	公	広	交
音訓	ゴ あと	ゴ かたる	コウ	コウ おおやけ	コウ ひろい	コウ まじわる
簡体	后	语	工	公	广	交
拼音	hòu	yǔ	gōng	gōng	guǎng	jiāo
繁体	後	語	工	公	廣	交
注音	ㄏㄡˋ	ㄩˇ	ㄍㄨㄥ	ㄍㄨㄥ	ㄍㄨㄤˇ	ㄐㄧㄠ

	129	130	131	132	133	134
常用	光	考	行	高	黄	合
音訓	コウ ひかり	コウ かんがえる	コウ いく	コウ たかい	コウ き	ゴウ あう
簡体	光	考	行	高	黄	合
拼音	guāng	kǎo	xíng	gāo	huáng	hé
繁体	光	考	行	高	黃	合
注音	ㄍㄨㄤ	ㄎㄠˇ	ㄒㄧㄥˊ	ㄍㄠ	ㄏㄨㄤˊ	ㄏㄜˊ

	135	136	137	138	139	140
常用	谷	国	黒	今	才	細
音訓	コク たに	コク くに	コク くろ	コン いま	サイ	サイ ほそい
簡体	谷	国	黑	今	才	细
拼音	gǔ	guó	hēi	jīn	cái	xì
繁体	谷	國	黑	今	才	細
注音	ㄍㄨˇ	ㄍㄨㄛˊ	ㄏㄟ	ㄐㄧㄣ	ㄘㄞˊ	ㄒㄧˋ

	141	142	143	144	145	146
常用	作	算	止	市	矢	姉
音訓	サク / つくる	サン	シ / とまる	シ / いち	シ / や	シ / あね
簡体	作	算	止	市	矢	姊
拼音	zuò	suàn	zhǐ	shì	shǐ	zǐ
繁体	作	算	止	市	矢	姊
注音	ㄗㄨㄛˋ	ㄙㄨㄢˋ	ㄓˇ	ㄕˋ	ㄕˇ	ㄗˇ

	147	148	149	150	151	152
常用	思	紙	寺	自	時	室
音訓	シ / おもう	シ / かみ	ジ / てら	ジ / みずから	ジ / とき	シツ / むろ
簡体	思	纸	寺	自	时	室
拼音	sī	zhǐ	sì	zì	shí	shì
繁体	思	紙	寺	自	時	室
注音	ㄙ	ㄓˇ	ㄙˋ	ㄗˋ	ㄕˊ	ㄕˋ

小学2年
漢検9級

	153	154	155	156	157	158
常用	社	弱	首	秋	週	春
音訓	シャ やしろ	ジャク よわい	シュ くび	シュウ あき	シュウ	シュン はる
簡体	社	弱	首	秋	周	春
拼音	shè	ruò	shŏu	qiū	zhōu	chūn
繁体	社	弱	首	秋	週	春
注音	ㄕㄜˋ	ㄖㄨㄛˋ	ㄕㄡˇ	ㄑㄧㄡ	ㄓㄡ	ㄔㄨㄣ

	159	160	161	162	163	164
常用	書	少	場	色	食	心
音訓	ショ かく	ショウ すくない	ジョウ ば	ショク いろ	ショク たべる	シン こころ
簡体	书	少	场	色	食	心
拼音	shū	shăo	chăng	sè	shí	xīn
繁体	書	少	場	色	食	心
注音	ㄕㄨ	ㄕㄠˇ	ㄔㄤˇ	ㄙㄜˋ	ㄕˊ	ㄒㄧㄣ

	165	166	167	168	169	170
常用	新	親	図	数	西	声
音訓	シン あたらしい	シン おや	ズ はかる	スウ かず	セイ にし	セイ こえ
簡体	新	亲	图	数	西	声
拼音	xīn	qīn	tú	shù	xī	shēng
繁体	新	親	圖	數	西	聲
注音	ㄒㄧㄣ	ㄑㄧㄣ	ㄊㄨˊ	ㄕㄨˋ	ㄒㄧ	ㄕㄥ

	171	172	173	174	175	176
常用	星	晴	切	雪	船	線
音訓	セイ ほし	セイ はれる	セツ きる	セツ ゆき	セン ふね	セン
簡体	星	晴	切	雪	船	线
拼音	xīng	qíng	qiē	xuě	chuán	xiàn
繁体	星	晴	切	雪	船	線
注音	ㄒㄧㄥ	ㄑㄧㄥˊ	ㄑㄧㄝ	ㄒㄩㄝˇ	ㄔㄨㄢˊ	ㄒㄧㄢˋ

	177	178	179	180	181	182
常用	前	組	走	多	太	体
音訓	ゼン まえ	ソ くみ	ソウ はしる	タ おおい	タイ ふとい	タイ からだ
簡体	前	组	走	多	太	体
拼音	qián	zǔ	zǒu	duō	tài	tǐ
繁体	前	組	走	多	太	體
注音	ㄑㄧㄢˊ	ㄗㄨˇ	ㄗㄡˇ	ㄉㄨㄛ	ㄊㄞˋ	ㄊㄧˇ

	183	184	185	186	187	188
常用	台	地	池	知	茶	昼
音訓	ダイ	チ	チ いけ	チ しる	チャ	チュウ ひる
簡体	台	地	池	知	茶	昼
拼音	tái	dì	chí	zhī	chá	zhòu
繁体	臺	地	池	知	茶	晝
注音	ㄊㄞˊ	ㄉㄧˋ	ㄔˊ	ㄓ	ㄔㄚˊ	ㄓㄡˋ

	189	190	191	192	193	194
常用	長	鳥	朝	直	通	弟
音訓	チョウ ながい	チョウ とり	チョウ あさ	チョク なおす	ツウ とおる	ダイ おとうと
簡体	长	鸟	朝	直	通	弟
拼音	cháng	niǎo	zhāo	zhí	tōng	dì
繁体	長	鳥	朝	直	通	弟
注音	ㄔㄤˊ	ㄋㄧㄠˇ	ㄓㄠ	ㄓˊ	ㄊㄨㄥ	ㄉㄧˋ

	195	196	197	198	199	200
常用	店	点	電	刀	冬	当
音訓	テン みせ	テン	デン	トウ かたな	トウ ふゆ	トウ あたる
簡体	店	点	电	刀	冬	当
拼音	diān	diǎn	diàn	dāo	dōng	dāng
繁体	店	點	電	刀	冬	當
注音	ㄉㄧㄢˋ	ㄉㄧㄢˇ	ㄉㄧㄢˋ	ㄉㄠ	ㄉㄨㄥ	ㄉㄤ

	201	202	203	204	205	206
常用	東	答	頭	同	道	読
音訓	トウ ひがし	トウ こたえ	トウ あたま	ドウ おなじ	ドウ みち	ドク よむ
簡体	东	答	头	同	道	读
拼音	dōng	dá	tóu	tóng	dào	dú
繁体	東	答	頭	同	道	讀
注音	ㄉㄨㄥ	ㄉㄚˊ	ㄊㄡˊ	ㄊㄨㄥˊ	ㄉㄠˋ	ㄉㄨˊ

	207	208	209	210	211	212
常用	内	南	肉	馬	売	買
音訓	ナイ うち	ナン みなみ	ニク	バ うま	バイ うる	バイ かう
簡体	内	南	肉	马	卖	买
拼音	nèi	nán	ròu	mǎ	mài	mǎi
繁体	內	南	肉	馬	賣	買
注音	ㄋㄟˋ	ㄋㄢˊ	ㄖㄡˋ	ㄇㄚˇ	ㄇㄞˋ	ㄇㄞˇ

	213	214	215	216	217	218
常用	麦	半	番	父	風	分
音訓	バク むぎ	ハン なかば	バン	フ ちち	フウ かぜ	フン わける
簡体	麦	半	番	父	风	分
拼音	mài	bàn	fān	fù	fēng	fēn
繁体	麥	半	番	父	風	分
注音	ㄇㄞˋ	ㄅㄢˋ	ㄈㄢ	ㄈㄨˋ	ㄈㄥ	ㄈㄣ

	219	220	221	222	223	224
常用	聞	米	歩	母	方	北
音訓	ブン きく	ベイ こめ	ホ あるく	ボ はは	ホウ かた	ホク きた
簡体	闻	米	步	母	方	北
拼音	wén	mǐ	bù	mǔ	fāng	běi
繁体	聞	米	步	母	方	北
注音	ㄨㄣˊ	ㄇㄧˇ	ㄅㄨˋ	ㄇㄨˇ	ㄈㄤ	ㄅㄟˇ

	225	226	227	228	229	230
常用	毎	妹	万	明	鳴	毛
音訓	マイ	マイ いもうと	マン	メイ あかるい	メイ なく	モウ け
簡体	每	妹	万	明	鸣	毛
拼音	mĕi	mèi	wàn	míng	míng	máo
繁体	每	妹	萬	明	鳴	毛
注音	ㄇㄟˇ	ㄇㄟˋ	ㄨㄢˋ	ㄇㄧㄥˊ	ㄇㄧㄥˊ	ㄇㄠˊ

	231	232	233	234	235	236
常用	門	夜	野	友	用	曜
音訓	モン かど	ヤ よる	ヤ の	ユウ とも	ヨウ もちいる	ヨウ
簡体	门	夜	野	友	用	曜
拼音	mén	yè	yĕ	yŏu	yòng	yào
繁体	門	夜	野	友	用	曜
注音	ㄇㄣˊ	ㄧㄝˋ	ㄧㄝˇ	ㄧㄡˇ	ㄩㄥˋ	ㄧㄠˋ

	237	238		239	240
常用	来	里		理	話
音訓	くる／ライ	さと／リ		リ	はなす／ワ
簡体	来	里		理	话
拼音	lái	lǐ		lǐ	huà
繁体	來	里	裏 裡	理	話
注音	ㄌㄞˊ	ㄌㄧˇ		ㄌㄧˇ	ㄏㄨㄚˋ

MEMO

小學3年級學的漢字200

目次

漢字検定8級

小学校３年配当　200字　漢検８級

	241	242	243	244	245	246
常用	悪	安	暗	医	委	意
音訓	アク わるい	アン やすい	アン くらい	イ	イ ゆだねる	イ
簡体	恶	安	暗	医	委	意
拼音	è	ān	àn	yī	wěi	yì
繁体	惡	安	暗	醫	委	意
注音	ㄜˋ	ㄢ	ㄢˋ	ㄧ	ㄨㄟˇ	ㄧˋ

	247	248	249	250	251	252
常用	育	員	院	飲	運	泳
音訓	イク そだつ	イン	イン	イン のむ	ウン はこぶ	エイ およぐ
簡体	育	员	院	饮	运	泳
拼音	yù	yuán	yuàn	yǐn	yùn	yǒng
繁体	育	員	院	飲	運	泳
注音	ㄩˋ	ㄩㄢˊ	ㄩㄢˋ	ㄧㄣˇ	ㄩㄣˋ	ㄩㄥˇ

	253	254	255	256	257	258
常用	駅	央	横	屋	温	化
音訓	エキ	オウ	オウ / よこ	オク / や	オン / あたたかい	カ / ばける
簡体	驿	央	横	屋	温	化
拼音	yì	yāng	héng	wū	wēn	huà
繁体	驛	央	橫	屋	溫	化
注音	ㄧˋ	ㄧㄤ	ㄏㄥˊ	ㄨ	ㄨㄣ	ㄏㄨㄚˋ

	259	260	261	262	263	264
常用	荷	界	開	階	寒	感
音訓	カ / に	カイ	カイ / ひらく	カイ	カン / さむい	カン
簡体	荷	界	开	阶	寒	感
拼音	hé	jiè	kāi	jiē	hán	gǎn
繁体	荷	界	開	階	寒	感
注音	ㄏㄜˊ	ㄐㄧㄝˋ	ㄎㄞ	ㄐㄧㄝ	ㄏㄢˊ	ㄍㄢˇ

小学3年

漢検8級

	265	266	267	268	269	270
常用	漢	館	岸	起	期	客
音訓	カン	カン やかた	ガン きし	キ おきる	キ	キャク
簡体	汉	馆	岸	起	期	客
拼音	hàn	guǎn	àn	qǐ	qī	kè
繁体	漢	館	岸	起	期	客
注音	ㄏㄢˋ	ㄍㄨㄢˇ	ㄢˋ	ㄑㄧˇ	ㄑㄧˊ	ㄎㄜˋ

	271	272	273	274	275	276
常用	究	急	級	宮	球	去
音訓	キュウ きわめる	キュウ いそぐ	キュウ	キュウ みや	キュウ たま	キョ さる
簡体	究	急	级	宫	球	去
拼音	jiū	jí	jí	gōng	qiú	qù
繁体	究	急	級	宮	球	去
注音	ㄐㄧㄡˋ	ㄐㄧˊ	ㄐㄧˊ	ㄍㄨㄥ	ㄑㄧㄡˊ	ㄑㄩˋ

	277	278	279	280	281	282
常用	橋	業	曲	局	銀	区
音訓	キョウ はし	ギョウ わざ	キョク まがる	キョク	ギン	ク
簡体	桥	业	曲	局	银	区
拼音	qiáo	yè	qǔ	jú	yín	qū
繁体	橋	業	曲	局	銀	區
注音	ㄑㄧㄠˊ	ㄧㄝˋ	ㄑㄩˇ	ㄐㄩˊ	ㄧㄣˊ	ㄑㄩ

	283	284	285	286	287	288
常用	苦	具	君	係	軽	血
音訓	ク くるしい	グ	クン きみ	ケイ かかり	ケイ かるい	ケツ ち
簡体	苦	具	君	系	轻	血
拼音	kǔ	jù	jūn	xì	qīng	xuè
繁体	苦	具	君	係	輕	血
注音	ㄎㄨˇ	ㄐㄩˋ	ㄐㄩㄣ	ㄒㄧˋ	ㄑㄧㄥ	ㄒㄧㄝˇ

	289	290	291	292	293	294
常用	決	研	県	庫	湖	向
音訓	ケツ きめる	ケン とぐ	ケン	コ	コ みずうみ	コウ むく
簡体	决	研	县	库	湖	向
拼音	jué	yán	xiàn	kù	hú	xiàng
繁体	決	研	縣	庫	湖	向
注音	ㄐㄩㄝˊ	ㄧㄢˊ	ㄒㄧㄢˋ	ㄎㄨˋ	ㄏㄨˊ	ㄒㄧㄤˋ

	295	296	297	298	299	300
常用	幸	港	号	根	祭	皿
音訓	コウ しあわせ	コウ みなと	ゴウ	コン ね	サイ まつり	さら
簡体	幸	港	号	根	祭	皿
拼音	xìng	gǎng	hào	gēn	jì	mǐn
繁体	幸	港	號	根	祭	皿
注音	ㄒㄧㄥˋ	ㄍㄤˇ	ㄏㄠˋ	ㄍㄣ	ㄐㄧˋ	ㄇㄧㄣˇ

	301	302	303	304	305	306
常用	仕	死	使	始	指	歯
音訓	シ / つかえる	シ / しぬ	シ / つかう	シ / はじめる	シ / ゆび	シ / は
簡体	仕	死	使	始	指	齿
拼音	shì	sǐ	shǐ	shǐ	zhǐ	chǐ
繁体	仕	死	使	始	指	齒
注音	ㄕˋ	ㄙˇ	ㄕˇ	ㄕˇ	ㄓˇ	ㄔˇ

	307	308	309	310	311	312
常用	詩	次	事	持	式	実
音訓	シ	ジ / つぎ	ジ / こと	ジ / もつ	シキ	ジツ / み
簡体	诗	次	事	持	式	实
拼音	shī	cì	shì	chí	shì	shí
繁体	詩	次	事	持	式	實
注音	ㄕ	ㄘˋ	ㄕˋ	ㄔˊ	ㄕˋ	ㄕˊ

小学3年

漢検8級

	313	314	315	316	317	318
常用	写	者	主	守	取	酒
音訓	シャ うつす	シャ もの	シュ ぬし	シュ まもる	シュ とる	シュ さけ
簡体	写	者	主	守	取	酒
拼音	xiě	zhě	zhǔ	shǒu	qǔ	jiǔ
繁体	寫	者	主	守	取	酒
注音	ㄒㄧㄝˇ	ㄓㄜˇ	ㄓㄨˇ	ㄕㄡˇ	ㄑㄩˇ	ㄐㄧㄡˇ

	319	320	321	322	323	324
常用	受	州	拾	終	習	集
音訓	ジュ うける	シュウ す	シュウ ひろう	シュウ おわる	シュウ ならう	シュウ あつまる
簡体	受	州	拾	终	习	集
拼音	shòu	zhōu	shí	zhōng	xí	jí
繁体	受	州	拾	終	習	集
注音	ㄕㄡˋ	ㄓㄡ	ㄕˊ	ㄓㄨㄥ	ㄒㄧˊ	ㄐㄧˊ

	325	326	327	328	329	330
常用	住	重	宿	所	暑	助
音訓	ジュウ すむ	ジュウ おもい	シュク やど	ショ ところ	ショ あつい	ジョ たすける
簡体	住	重	宿	所	暑	助
拼音	zhù	zhòng	sù	suǒ	shǔ	zhù
繁体	住	重	宿	所	暑	助
注音	ㄓㄨˋ	ㄓㄨㄥˋ	ㄙㄨˋ	ㄙㄨㄛˇ	ㄕㄨˇ	ㄓㄨˋ

	331	332	333	334	335	336
常用	昭	消	商	章	勝	乗
音訓	ショウ	ショウ きえる	ショウ あきなう	ショウ	ショウ かつ	ジョウ のる
簡体	昭	消	商	章	胜	乘
拼音	zhāo	xiāo	shāng	zhāng	shèng	chéng
繁体	昭	消	商	章	勝	乘
注音	ㄓㄠ	ㄒㄧㄠ	ㄕㄤ	ㄓㄤ	ㄕㄥˋ	ㄔㄥˊ

	337	338	339	340	341	342
常用	植	申	身	神	真	深
音訓	ショク うえる	シン もうす	シン み	シン かみ	シン ま	シン ふかい
簡体	植	申	身	神	真	深
拼音	zhí	shēn	shēn	shén	zhēn	shēn
繁体	植	申	身	神	真	深
注音	ㄓˊ	ㄕㄣ	ㄕㄣ	ㄕㄣˊ	ㄓㄣ	ㄕㄣ

	343	344	345	346	347	348
常用	進	世	整	昔	全	相
音訓	シン すすむ	セ よ	セイ ととのえる	シャク むかし	ゼン すべて	ソウ あい
簡体	进	世	整	昔	全	相
拼音	jìn	shì	zhěng	xī	quán	xiāng
繁体	進	世	整	昔	全	相
注音	ㄐㄧㄣˋ	ㄕˋ	ㄓㄥˇ	ㄒㄧˊ	ㄑㄩㄢˊ	ㄒㄧㄤ

	349	350	351	352	353	354
常用	送	想	息	速	族	他
音訓	ソウ おくる	ソウ	ソク いき	ソク はやい	ゾク	タ ほか
簡体	送	想	息	速	族	他
拼音	sòng	xiǎng	xī	sù	zú	tā
繁体	送	想	息	速	族	他
注音	ㄙㄨㄥˋ	ㄒㄧㄤˇ	ㄒㄧ	ㄙㄨˋ	ㄗㄨˊ	ㄊㄚ

	355	356	357	358	359	360
常用	打	対	待	代	第	題
音訓	ダ うつ	タイ	タイ まつ	ダイ かわる	ダイ	ダイ
簡体	打	对	待	代	第	题
拼音	dǎ	duì	dài	dài	dì	tí
繁体	打	對	待	代	第	題
注音	ㄉㄚˇ	ㄉㄨㄟˋ	ㄉㄞˋ	ㄉㄞˋ	ㄉㄧˋ	ㄊㄧˊ

	361	362	363	364	365	366
常用	炭	短	談	着	注	柱
音訓	タン すみ	タン みじかい	ダン	チャク きる	チュウ そそぐ	チュウ はしら
簡体	炭	短	谈	着	注	柱
拼音	tàn	duăn	tán	zhuó	zhù	zhù
繁体	炭	短	談	著	注	柱
注音	ㄊㄢˋ	ㄉㄨㄢˇ	ㄊㄢˊ	ㄓㄨㄛˊ	ㄓㄨˋ	ㄓㄨˋ

	367	368	369	370	371	372
常用	丁	帳	調	追	定	庭
音訓	チョウ	チョウ	チョウ しらべる	ツイ おう	テイ さだめる	テイ にわ
簡体	丁	帐	调	追	定	庭
拼音	dīng	zhàng	diào	zhuī	dìng	tīng
繁体	丁	帳	調	追	定	庭
注音	ㄉㄧㄥ	ㄓㄤˋ	ㄉㄧㄠˋ	ㄓㄨㄟ	ㄉㄧㄥˋ	ㄊㄧㄥˊ

	373	374	375	376	377	378
常用	笛	鉄	転	都	度	投
音訓	テキ / ふえ	テツ	テン / ころぶ	ト / みやこ	ド / たび	トウ / なげる
簡体	笛	铁	转	都	度	投
拼音	dí	tiě	zhuǎn	dū	dù	tóu
繁体	笛	鐵	轉	都	度	投
注音	ㄉㄧˊ	ㄊㄧㄝˇ	ㄓㄨㄢˇ	ㄉㄨ	ㄉㄨˋ	ㄊㄡˊ

	379	380	381	382	383	384
常用	豆	島	湯	登	等	動
音訓	トウ / まめ	トウ / しま	トウ / ゆ	トウ / のぼる	トウ / ひとしい	ドウ / うごく
簡体	豆	岛	汤	登	等	动
拼音	dòu	dǎo	tāng	dēng	děng	dòng
繁体	豆	島	湯	登	等	動
注音	ㄉㄡˋ	ㄉㄠˇ	ㄊㄤ	ㄉㄥ	ㄉㄥˇ	ㄉㄨㄥˋ

	385	386	387	388	389	390
常用	童	農	波	配	倍	箱
音訓	ドウ / わらべ	ノウ	ハ / なみ	ハイ / くばる	バイ	はこ
簡体	童	农	波	配	倍	箱
拼音	tóng	nóng	bō	pèi	bèi	xiāng
繁体	童	農	波	配	倍	箱
注音	ㄊㄨㄥˊ	ㄋㄨㄥˊ	ㄅㄛ	ㄆㄟˋ	ㄅㄟˋ	ㄒㄧㄤ

	391	392	393	394	395	396
常用	畑	発	反	坂	板	皮
音訓	はたけ	ハツ	ハン / そる	さか	バン / いた	ヒ / かわ
簡体	*	发	反	坂	板	皮
拼音		fā	fǎn	bǎn	bǎn	pí
繁体	*	發	反	坂	板	皮
注音		ㄈㄚ	ㄈㄢˇ	ㄅㄢˇ	ㄅㄢˇ	ㄆㄧˊ

	397	398	399	400	401	402
常用	悲	美	鼻	筆	氷	表
音訓	ヒ かなしい	ビ うつくしい	ビ はな	ヒツ ふで	ヒョウ こおり	ヒョウ おもて
簡体	悲	美	鼻	笔	冰	表
拼音	bēi	měi	bí	bǐ	bīng	biǎo
繁体	悲	美	鼻	筆	冰	表
注音	ㄅㄟ	ㄇㄟˇ	ㄅㄧˊ	ㄅㄧˇ	ㄅㄧㄥ	ㄅㄧㄠˇ

	403	404	405	406	407	408
常用	秒	病	品	負	部	服
音訓	ビョウ	ビョウ やまい	ヒン しな	フ まける	ブ	フク
簡体	秒	病	品	负	部	服
拼音	miǎo	bìng	pǐn	fù	bù	fú
繁体	秒	病	品	負	部	服
注音	ㄇㄧㄠˇ	ㄅㄧㄥˋ	ㄆㄧㄣˇ	ㄈㄨˋ	ㄅㄨˋ	ㄈㄨˊ

	409	410	411	412	413	414
常用	福	物	平	返	勉	放
音訓	フク	ブツ もの	ヘイ たいら	ヘン かえす	ベン	ホウ はなす
簡体	福	物	平	返	勉	放
拼音	fú	wù	píng	fǎn	miǎn	fàng
繁体	福	物	平	返	勉	放
注音	ㄈㄨˊ	ㄨˋ	ㄆㄧㄥˊ	ㄈㄢˇ	ㄇㄧㄢˇ	ㄈㄤˋ

	415	416	417	418	419	420
常用	味	命	面	問	役	薬
音訓	ミ あじ	メイ いのち	メン おもて	モン とう	ヤク	ヤク くすり
簡体	味	命	面	问	役	药
拼音	wèi	mìng	miàn	wèn	yì	yào
繁体	味	命	面	問	役	藥
注音	ㄨㄟˋ	ㄇㄧㄥˋ	ㄇㄧㄢˋ	ㄨㄣˋ	ㄧˋ	ㄧㄠˋ

	421	422	423	424	425	426
常用	由	油	有	遊	予	羊
音訓	ユ / よし	ユ / あぶら	ユウ / ある	ユウ / あそぶ	ヨ	ヨウ / ひつじ
簡体	由	油	有	游	预	羊
拼音	yóu	yóu	yǒu	yóu	yù	yáng
繁体	由	油	有	遊	預	羊
注音	ㄧㄡˊ	ㄧㄡˊ	ㄧㄡˇ	ㄧㄡˊ	ㄩˋ	ㄧㄤˊ

	427	428	429	430	431	432
常用	洋	葉	陽	様	落	流
音訓	ヨウ	ヨウ / は	ヨウ	ヨウ / さま	ラク / おちる	リュウ / ながす
簡体	洋	叶	阳	样	落	流
拼音	yáng	yè	yáng	yàng	luò	liú
繁体	洋	葉	陽	樣	落	流
注音	ㄧㄤˊ	ㄧㄝˋ	ㄧㄤˊ	ㄧㄤˋ	ㄌㄨㄛˋ	ㄌㄧㄡˊ

小学3年
漢検8級

	433	434	435	436	437	438
常用	旅	両	緑	礼	列	練
音訓	たび / リョ	リョウ	みどり / リョク	レイ	レツ	ねる / レン
簡体	旅	两	绿	礼	列	练
拼音	lǚ	liǎng	lǜ	lǐ	liè	liàn
繁体	旅	兩	綠	禮	列	練
注音	ㄌㄩˇ	ㄌㄧㄤˇ	ㄌㄩˋ	ㄌㄧˇ	ㄌㄧㄝˋ	ㄌㄧㄢˋ

	439	440
常用	路	和
音訓	じ / ロ	なごむ / ワ
簡体	路	和
拼音	lù	hé
繁体	路	和
注音	ㄌㄨˋ	ㄏㄜˊ

小學 4年級 學的漢字 200

目次

漢字検定7級

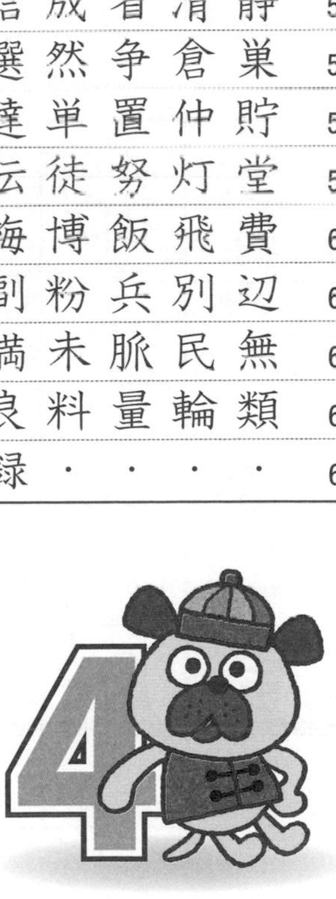

小学校４年配当　200字　漢検７級

	441	442	443	444	445	446
常用	愛	案	以	衣	位	囲
音訓	アイ	アン	イ	イ ころも	イ くらい	イ かこむ
簡体	爱	案	以	衣	位	围
拼音	ài	àn	yǐ	yī	wèi	wéi
繁体	愛	案	以	衣	位	圍
注音	ㄞˋ	ㄢˋ	ㄧˇ	ㄧ	ㄨㄟˋ	ㄨㄟˊ

	447	448	449	450	451	452
常用	胃	印	英	栄	塩	億
音訓	イ	イン しるし	エイ	エイ さかえる	エン しお	オク
簡体	胃	印	英	荣	盐	亿
拼音	wèi	yìn	yīng	róng	yán	yì
繁体	胃	印	英	榮	鹽	億
注音	ㄨㄟˋ	ㄧㄣˋ	ㄧㄥ	ㄖㄨㄥˊ	ㄧㄢˊ	ㄧˋ

	453	454	455	456	457	458
常用	加	果	貨	課	芽	改
音訓	カ くわえる	カ はたす	カ	カ	ガ め	カイ あらためる
簡体	加	果	货	课	芽	改
拼音	jiā	guǒ	huò	kè	yá	gǎi
繁体	加	果	貨	課	芽	改
注音	ㄐㄧㄚ	ㄍㄨㄛˇ	ㄏㄨㄛˋ	ㄎㄜˋ	ㄧㄚˊ	ㄍㄞˇ

	459	460	461	462	463	464
常用	械	害	街	各	覚	完
音訓	カイ	ガイ	ガイ まち	カク	カク おぼえる	カン
簡体	械	害	街	各	觉	完
拼音	xiè	hài	jiē	gè	jué	wán
繁体	械	害	街	各	覺	完
注音	ㄒㄧㄝˋ	ㄏㄞˋ	ㄐㄧㄝ	ㄍㄜˋ	ㄐㄩㄝˊ	ㄨㄢˊ

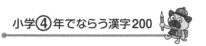

	465	466	467	468	469	470
常用	官	管	関	観	願	希
音訓	カン	カン / くだ	カン / せき	カン	ガン / ながう	キ
簡体	官	管	关	观	愿	希
拼音	guān	guǎn	guān	guān	yuàn	xī
繁体	官	管	關	觀	願	希
注音	ㄍㄨㄢ	ㄍㄨㄢˇ	ㄍㄨㄢ	ㄍㄨㄢ	ㄩㄢˋ	ㄒㄧ

	471	472	473	474	475	476
常用	季	紀	喜	旗	器	機
音訓	キ	キ	キ / よろこぶ	キ / はた	キ / うつわ	キ / はた
簡体	季	纪	喜	旗	器	机
拼音	jì	jì	xǐ	qí	qì	jī
繁体	季	紀	喜	旗	器	機
注音	ㄐㄧˋ	ㄐㄧˋ	ㄒㄧˇ	ㄑㄧˊ	ㄑㄧˋ	ㄐㄧ

	477	478	479	480	481	482
常用	議	求	泣	救	給	挙
音訓	ギ	キュウ / もとめる	キュウ / なく	キュウ / すくう	キュウ	キョ / あげる
簡体	议	求	泣	救	给	举
拼音	yì	qiú	qì	jiù	gěi	jǔ
繁体	議	求	泣	救	給	舉
注音	ㄧˋ	ㄑㄧㄡˊ	ㄑㄧˋ	ㄐㄧㄡˋ	ㄍㄟˇ	ㄐㄩˇ

	483	484	485	486	487	488
常用	漁	共	協	鏡	競	極
音訓	ギョ	キョウ / とも	キョウ	キョウ / かがみ	キョウ / きそう	キョク / きわめる
簡体	渔	共	协	镜	竞	极
拼音	yú	gòng	xié	jìng	jìng	jí
繁体	漁	共	協	鏡	競	極
注音	ㄩˊ	ㄍㄨㄥˋ	ㄒㄧㄝˊ	ㄐㄧㄥˋ	ㄐㄧㄥˋ	ㄐㄧˊ

	489	490	491	492	493	494
常用	訓	軍	郡	径	型	景
音訓	クン	グン	グン	ケイ	ケイ かた	ケイ
簡体	训	军	郡	径	型	景
拼音	xùn	jūn	jùn	jìng	xíng	jǐng
繁体	訓	軍	郡	徑	型	景
注音	ㄒㄩㄣˋ	ㄐㄩㄣ	ㄐㄩㄣˋ	ㄐㄧㄥˋ	ㄒㄧㄥˊ	ㄐㄧㄥˇ

	495	496	497	498	499	500
常用	芸	欠	結	建	健	験
音訓	ゲイ	ケツ かける	ケツ むすぶ	ケン たてる	ケン すこやか	ケン
簡体	艺	欠	结	建	健	验
拼音	yì	qiàn	jié	jiàn	jiàn	yàn
繁体	藝	欠	結	建	健	驗
注音	ㄧˋ	ㄑㄧㄢˋ	ㄐㄧㄝˊ	ㄐㄧㄢˋ	ㄐㄧㄢˋ	ㄧㄢˋ

	501	502	503	504	505	506
常用	固	功	好	候	航	康
音訓	コ / かたい	コウ	コウ / すく	コウ	コウ	コウ
簡体	固	功	好	候	航	康
拼音	gù	gōng	hào	hòu	háng	kāng
繁体	固	功	好	候	航	康
注音	ㄍㄨˋ	ㄍㄨㄥ	ㄏㄠˋ	ㄏㄡˋ	ㄏㄤˊ	ㄎㄤ

	507	508	509	510	511	512
常用	告	差	菜	最	材	昨
音訓	コク / つげる	サ / さす	サイ / な	サイ / もっとも	ザイ	サク
簡体	告	差	菜	最	材	昨
拼音	gào	chà	cài	zuì	cái	zuó
繁体	告	差	菜	最	材	昨
注音	ㄍㄠˋ	ㄔㄚˋ	ㄘㄞˋ	ㄗㄨㄟˋ	ㄘㄞˊ	ㄗㄨㄛˊ

	513	514	515	516	517	518
常用	札	刷	殺	察	参	産
音訓	サツ ふだ	サツ する	サツ ころす	サツ	サン まいる	サン うむ
簡体	札	刷	杀	察	参	产
拼音	zhá	shuā	shā	chá	cān	chǎn
繁体	札	刷	殺	察	参	産
注音	ㄓㄚˊ	ㄕㄨㄚ	ㄕㄚ	ㄔㄚˊ	ㄘㄢ	ㄔㄢˇ

	519	520	521	522	523	524
常用	散	残	士	氏	史	司
音訓	サン ちる	ザン のこる	シ	シ うじ	シ	シ
簡体	散	残	士	氏	史	司
拼音	sàn	cán	shì	shì	shǐ	sī
繁体	散	殘	士	氏	史	司
注音	ㄙㄢˋ	ㄘㄢˊ	ㄕˋ	ㄕˋ	ㄕˇ	ㄙ

	525	526	527	528	529	530
常用	試	児	治	辞	失	借
音訓	シ / こころみる	ジ	ジ / おさめる	ジ	シツ / うしなう	シャク / かりる
簡体	试	儿	治	辞	失	借
拼音	shì	ér	zhì	cí	shī	jiè
繁体	試	兒	治	辭	失	借
注音	ㄕˋ	ㄦˊ	ㄓˋ	ㄘˊ	ㄕ	ㄐㄧㄝˋ

	531	532	533	534	535	536
常用	種	周	祝	順	初	松
音訓	シュ / たね	シュウ / まわり	シュク / いわう	ジュン	ショ / はじめ	ショウ / まつ
簡体	种	周	祝	顺	初	松
拼音	zhǒng	zhōu	zhù	shùn	chū	sōng
繁体	種	周	祝	順	初	松
注音	ㄓㄨㄥˇ	ㄓㄡ	ㄓㄨˋ	ㄕㄨㄣˋ	ㄔㄨ	ㄙㄨㄥ

	537	538	539	540	541	542
常用	笑	唱	焼	象	照	賞
音訓	ショウ / わらう	ショウ / となえる	ショウ / やく	ショウ	ショウ / てる	ショウ
簡体	笑	唱	烧	象	照	赏
拼音	xiào	chàng	shāo	xiàng	zhào	shǎng
繁体	笑	唱	燒	象	照	賞
注音	ㄒㄧㄠˋ	ㄔㄤˋ	ㄕㄠ	ㄒㄧㄤˋ	ㄓㄠˋ	ㄕㄤˇ

	543	544	545	546	547	548
常用	臣	信	成	省	清	静
音訓	シン	シン	セイ / なる	セイ / はぶく	セイ / きよい	セイ / しずか
簡体	臣	信	成	省	清	静
拼音	chén	xìn	chéng	shěng	qīng	jìng
繁体	臣	信	成	省	清	靜
注音	ㄔㄣˊ	ㄒㄧㄣˋ	ㄔㄥˊ	ㄕㄥˇ	ㄑㄧㄥ	ㄐㄧㄥˋ

	549	550	551	552	553	554
常用	席	積	折	節	説	浅
音訓	セキ	セキ / つむ	セツ / おる	セツ / ふし	セツ / とく	セン / あさい
簡体	席	积	折	节	说	浅
拼音	xí	jī	zhé	jié	shuō	qiǎn
繁体	席	積	折	節	說	淺
注音	ㄒㄧˊ	ㄐㄧ	ㄓㄜˊ	ㄐㄧㄝˊ	ㄕㄨㄛ	ㄑㄧㄢˇ

	555	556	557	558	559	560
常用	戦	選	然	争	倉	巣
音訓	セン / たたかう	セン / えらぶ	ゼン	ソウ / あらそう	ソウ / くら	ソウ / す
簡体	战	选	然	争	仓	巢
拼音	zhàn	xuǎn	rán	zhēng	cāng	cháo
繁体	戰	選	然	爭	倉	巢
注音	ㄓㄢˋ	ㄒㄩㄢˇ	ㄖㄢˊ	ㄓㄥ	ㄘㄤ	ㄔㄠˊ

	561	562	563	564	565	566
常用	束	側	続	卒	孫	帯
音訓	ソク たば	ソク がわ	ゾク つづく	ソツ	ソン まご	タイ おび
簡体	束	侧	续	卒	孙	带
拼音	shù	cè	xù	zú	sūn	dài
繁体	束	側	續	卒	孫	帶
注音	ㄕㄨˋ	ㄘㄜˋ	ㄒㄩˋ	ㄗㄨˊ	ㄙㄨㄣ	ㄉㄞˋ

	567	568	569	570	571	572
常用	隊	達	単	置	仲	貯
音訓	タイ	タツ	タン	チ おく	チュウ なか	チョ
簡体	队	达	单	置	仲	贮
拼音	duì	dá	dān	zhì	zhòng	zhù
繁体	隊	達	單	置	仲	貯
注音	ㄉㄨㄟˋ	ㄉㄚˊ	ㄉㄢ	ㄓˋ	ㄓㄨㄥˋ	ㄓㄨˋ

	573	574	575	576	577	578
常用	兆	腸	低	底	停	的
音訓	チョウ きざし	チョウ	テイ ひくい	テイ そこ	テイ	テキ まと
簡体	兆	肠	低	底	停	的
拼音	zhào	cháng	dī	dǐ	tíng	de
繁体	兆	腸	低	底	停	的
注音	ㄓㄠˋ	ㄔㄤˊ	ㄉㄧ	ㄉㄧˇ	ㄊㄧㄥˊ	˙ㄉㄜ

	579	580	581	582	583	584
常用	典	伝	徒	努	灯	堂
音訓	テン	デン つたえる	ト	ド つとめる	トウ ひ	ドウ
簡体	典	传	徒	努	灯	堂
拼音	diǎn	chuán	tú	nǔ	dēng	táng
繁体	典	傳	徒	努	燈	堂
注音	ㄉㄧㄢˇ	ㄔㄨㄢˊ	ㄊㄨˊ	ㄋㄨˇ	ㄉㄥ	ㄊㄤˊ

	585	586	587	588	589	590
常用	働	特	得	毒	熱	念
音訓	ドウ はたらく	トク	トク える	ドク	ネツ あつい	ネン
簡体	働 动	特	得	毒	热	念
拼音	dòng	tè	dé	dú	rè	niàn
繁体	動	特	得	毒	熱	念
注音	ㄉㄨㄥˋ	ㄊㄜˋ	ㄉㄜˊ	ㄉㄨˊ	ㄖㄜˋ	ㄋㄧㄢˋ

	591	592	593	594	595	596
常用	敗	梅	博	飯	飛	費
音訓	ハイ やぶれる	バイ うめ	ハク	ハン めし	ヒ とぶ	ヒ ついやす
簡体	败	梅	博	饭	飞	费
拼音	bài	méi	bó	fàn	fēi	fèi
繁体	敗	梅	博	飯	飛	費
注音	ㄅㄞˋ	ㄇㄟˊ	ㄅㄛˊ	ㄈㄢˋ	ㄈㄟ	ㄈㄟˋ

	597	598	599	600	601	602
常用	必	票	標	不	夫	付
音訓	ヒツ かならず	ヒョウ	ヒョウ	フ	フ おっと	フ つく
簡体	必	票	标	不	夫	付
拼音	bì	piào	biāo	bù	fū	fù
繁体	必	票	標	不	夫	付
注音	ㄅㄧˋ	ㄆㄧㄠˋ	ㄅㄧㄠ	ㄅㄨˋ	ㄈㄨ	ㄈㄨˋ

	603	604	605	606	607	608
常用	府	副	粉	兵	別	辺
音訓	フ	フク	フン こな	ヘイ	ベツ わかれる	ヘン あたり
簡体	府	副	粉	兵	别	边
拼音	fǔ	fù	fěn	bīng	bié	biān
繁体	府	副	粉	兵	別	邊
注音	ㄈㄨˇ	ㄈㄨˋ	ㄈㄣˇ	ㄅㄧㄥ	ㄅㄧㄝˊ	ㄅㄧㄢ

	609	610	611	612	613	614
常用	変	便	包	法	望	牧
音訓	ヘン かわる	ベン たより	ホウ つつむ	ホウ	ボウ のぞむ	ボク まき
簡体	变	便	包	法	望	牧
拼音	biàn	biàn	bāo	fǎ	wàng	mù
繁体	變	便	包	法	望	牧
注音	ㄅㄧㄢˋ	ㄅㄧㄢˋ	ㄅㄠ	ㄈㄚˇ	ㄨㄤˋ	ㄇㄨˋ

	615	616	617	618	619	620
常用	末	満	未	脈	民	無
音訓	マツ すえ	マン みちる	ミ	ミャク	ミン たみ	ム ない
簡体	末	满	未	脉	民	无
拼音	mò	mǎn	wèi	mài	mín	wú
繁体	末	滿	未	脈	民	無
注音	ㄇㄛˋ	ㄇㄢˇ	ㄨㄟˋ	ㄇㄞˋ	ㄇㄧㄣˊ	ㄨˊ

	621	622	623	624	625	626
常用	約	勇	要	養	浴	利
音訓	ヤク	ユウ いさむ	ヨウ いる	ヨウ やしなう	ヨク あびる	リ
簡体	约	勇	要	养	浴	利
拼音	yuē	yǒng	yào	yǎng	yù	lì
繁体	約	勇	要	養	浴	利
注音	ㄩㄝ	ㄩㄥˇ	ㄧㄠˋ	ㄧㄤˇ	ㄩˋ	ㄌㄧˋ

	627	628	629	630	631	632
常用	陸	良	料	量	輪	類
音訓	リク	リョウ よい	リョウ	リョウ はかる	リン わ	ルイ たぐい
簡体	陆	良	料	量	轮	类
拼音	lù	liáng	liào	liáng	lún	lèi
繁体	陸	良	料	量	輪	類
注音	ㄌㄨˋ	ㄌㄧㄤˊ	ㄌㄧㄠˋ	ㄌㄧㄤˊ	ㄌㄨㄣˊ	ㄌㄟˋ

	633	634	635	636	637	638
常用	令	冷	例	歴	連	老
音訓	レイ	レイ つめたい	レイ たとえる	レキ	レン つらなる	ロウ おいる
簡体	令	冷	例	历	连	老
拼音	lìng	lěng	lì	lì	lián	lǎo
繁体	令	冷	例	歷	連	老
注音	ㄌㄧㄥˋ	ㄌㄥˇ	ㄌㄧˋ	ㄌㄧˋ	ㄌㄧㄢˊ	ㄌㄠˇ

	639	640
常用	労	録
音訓	ロウ	ロク
簡体	劳	录
拼音	láo	lù
繁体	勞	錄
注音	ㄌㄠˊ	ㄌㄨˋ

小學 5年級 學的漢字185

目次

漢字檢定6級

	641	642	643	644	645	646
常用	圧	移	因	永	営	衛
音訓	アツ	イ　うつる	イン　よる	エイ　ながい	エイ　いとなむ	エイ
簡体	压	移	因	永	营	卫
拼音	yā	yí	yīn	yǒng	yíng	wèi
繁体	壓	移	因	永	營	衛
注音	ㄧㄚ	ㄧˊ	ㄧㄣ	ㄩㄥˇ	ㄧㄥˊ	ㄨㄟˋ

	647	648	649	650	651	652
常用	易	益	液	演	応	往
音訓	エキ　やさしい	エキ	エキ	エン	オウ　こたえる	オウ
簡体	易	益	液	演	应	往
拼音	yì	yì	yè	yǎn	yīng	wǎng
繁体	易	益	液	演	應	往
注音	ㄧˋ	ㄧˋ	ㄧㄝˋ	ㄧㄢˇ	ㄧㄥ	ㄨㄤˇ

	653	654	655	656	657	658
常用	桜	恩	可	仮	価	河
音訓	オウ さくら	オン	カ	カ かり	カ あたい	カ かわ
簡体	樱	恩	可	假	价	河
拼音	yīng	ēn	kě	jiǎ	jià	hé
繁体	櫻	恩	可	假	價	河
注音	ㄧㄥ	ㄣ	ㄎㄜˇ	ㄐㄧㄚˇ	ㄐㄧㄚˋ	ㄏㄜˊ

	659	660	661	662	663	664
常用	過	賀	快	解	格	確
音訓	カ すぎる	ガ	カイ こころよい	カイ とく	カク	カク たしか
簡体	过	贺	快	解	格	确
拼音	guò	hè	kuài	jiě	gé	què
繁体	過	賀	快	解	格	確
注音	ㄍㄨㄛˋ	ㄏㄜˋ	ㄎㄨㄞˋ	ㄐㄧㄝˇ	ㄍㄜˊ	ㄑㄩㄝˋ

	665	666	667	668	669	670
常用	額	刊	幹	慣	眼	基
音訓	ガク / ひたい	カン	カン / みき	カン / なれる	ガン / まなこ	キ / もと
簡体	额	刊	干	惯	眼	基
拼音	é	kān	gàn	guàn	yǎn	jī
繁体	額	刊	幹	慣	眼	基
注音	ㄜˊ	ㄎㄢ	ㄍㄢˋ	ㄍㄨㄢˋ	ㄧㄢˇ	ㄐㄧ

	671	672	673	674	675	676
常用	寄	規	技	義	逆	久
音訓	キ / よる	キ	ギ / わざ	ギ	ギャク / さからう	キュウ / ひさしい
簡体	寄	规	技	义	逆	久
拼音	jì	guī	jì	yì	nì	jiǔ
繁体	寄	規	技	義	逆	久
注音	ㄐㄧˋ	ㄍㄨㄟ	ㄐㄧˋ	ㄧˋ	ㄋㄧˋ	ㄐㄧㄡˇ

	677	678	679	680	681	682
常用	旧	居	許	境	均	禁
音訓	キュウ	キョ / いる	キョ / ゆるす	キョウ / さかい	キン	キン
簡体	旧	居	许	境	均	禁
拼音	jiù	jū	xǔ	jìng	jūn	jìn
繁体	舊	居	許	境	均	禁
注音	ㄐㄧㄡˋ	ㄐㄩ	ㄒㄩˇ	ㄐㄧㄥˋ	ㄐㄩㄣ	ㄐㄧㄣˋ

	683	684	685	686	687	688
常用	句	群	経	潔	件	券
音訓	ク	グン / むれる	ケイ / へる	ケツ / いさぎよい	ケン	ケン
簡体	句	群	经	洁	件	券
拼音	jù	qún	jīng	jié	jiàn	quàn
繁体	句	群	經	潔	件	券
注音	ㄐㄩˋ	ㄑㄩㄣˊ	ㄐㄧㄥ	ㄐㄧㄝˊ	ㄐㄧㄢˋ	ㄑㄩㄢˋ

	689	690	691	692	693	694
常用	険	検	限	現	減	故
音訓	ケン けわしい	ケン	ゲン かぎる	ゲン あらわす	ゲン へる	コ ゆえ
簡体	险	检	限	现	减	故
拼音	xiăn	jiăn	xiàn	xiàn	jiăn	gù
繁体	險	檢	限	現	減	故
注音	ㄒㄧㄢˇ	ㄐㄧㄢˇ	ㄒㄧㄢˋ	ㄒㄧㄢˋ	ㄐㄧㄢˇ	ㄍㄨˋ

	695	696	697	698	699	700
常用	個	護	効	厚	耕	鉱
音訓	コ	ゴ	コウ きく	コウ あつい	コウ たがやす	コウ
簡体	个	护	效	厚	耕	矿
拼音	gè	hù	xiào	hòu	gēng	kuàng
繁体	個	護	效	厚	耕	礦
注音	ㄍㄜˋ	ㄏㄨˋ	ㄒㄧㄠˋ	ㄏㄡˋ	ㄍㄥ	ㄎㄨㄤˋ

	701	702	703	704	705	706
常用	構	興	講	混	査	再
音訓	コウ かまえる	コウ おこる	コウ	コン こむ	サ	サイ ふたたび
簡体	构	兴	讲	混	查	再
拼音	gòu	xìng	jiǎng	hùn	chá	zài
繁体	構	興	講	混	查	再
注音	ㄍㄡˋ	ㄒㄧㄥˋ	ㄐㄧㄤˇ	ㄏㄨㄣˋ	ㄔㄚˊ	ㄗㄞˋ

	707	708	709	710	711	712
常用	災	妻	採	際	在	財
音訓	サイ わざわい	サイ つま	サイ とる	サイ きわ	ザイ ある	ザイ
簡体	灾	妻	採	际	在	财
拼音	zāi	qī	cǎi	jì	zài	cái
繁体	災	妻	採	際	在	財
注音	ㄗㄞ	ㄑㄧ	ㄘㄞˇ	ㄐㄧˋ	ㄗㄞˋ	ㄘㄞˊ

	713	714	715	716	717	718
常用	罪	雑	酸	賛	支	志
音訓	ザイ つみ	ザツ	サン すい	サン	シ ささえる	シ こころざし
簡体	罪	杂	酸	赞	支	志
拼音	zuì	zá	suān	zàn	zhī	zhì
繁体	罪	雜	酸	贊	支	志
注音	ㄗㄨㄟˋ	ㄗㄚˊ	ㄙㄨㄢ	ㄗㄢˋ	ㄓ	ㄓˋ

	719	720	721	722	723	724
常用	枝	師	資	飼	示	似
音訓	シ えだ	シ	シ	シ かう	ジ しめす	ジ にる
簡体	枝	师	资	饲	示	似
拼音	zhī	shī	zī	sì	shì	sì
繁体	枝	師	資	飼	示	似
注音	ㄓ	ㄕ	ㄗ	ㄙˋ	ㄕˋ	ㄙˋ

	725	726	727	728	729	730
常用	識	質	舎	謝	授	修
音訓	シキ	シツ	シャ	シャ / あやまる	ジュ / さずける	シュウ / おさめる
簡体	识	质	舍	谢	授	修
拼音	shì	zhì	shè	xiè	shòu	xiū
繁体	識	質	舍	謝	授	修
注音	ㄕˋ	ㄓˊ	ㄕㄜˋ	ㄒㄧㄝˋ	ㄕㄡˋ	ㄒㄧㄡ

	731	732	733	734	735	736
常用	述	術	準	序	招	承
音訓	ジュツ / のべる	ジュツ	ジュン	ジョ	ショウ / まねく	ショウ / うけたまわる
簡体	述	术	准	序	招	承
拼音	shù	shù	zhǔn	xù	zhāo	chéng
繁体	述	術	準	序	招	承
注音	ㄕㄨˋ	ㄕㄨˋ	ㄓㄨㄣˇ	ㄒㄩˋ	ㄓㄠ	ㄔㄥˊ

	737	738	739	740	741	742
常用	証	条	状	常	情	織
音訓	ショウ	ジョウ	ジョウ	ジョウ つね	ジョウ なさけ	シキ おる
簡体	证	条	状	常	情	织
拼音	zhèng	tiáo	zhuàng	cháng	qíng	zhī
繁体	證	條	狀	常	情	織
注音	ㄓㄥˋ	ㄊㄧㄠˊ	ㄓㄨㄤˋ	ㄔㄤˊ	ㄑㄧㄥˊ	ㄓ

	743	744	745	746	747	748
常用	職	制	性	政	勢	精
音訓	ショク	セイ	セイ	セイ まつりごと	セイ いきおい	セイ
簡体	职	制	性	政	势	精
拼音	zhí	zhì	xìng	zhèng	shì	jīng
繁体	職	制	性	政	勢	精
注音	ㄓˊ	ㄓˋ	ㄒㄧㄥˋ	ㄓㄥˋ	ㄕˋ	ㄐㄧㄥ

	749	750	751	752	753	754
常用	製	税	責	績	接	設
音訓	セイ	ゼイ	セキ せめる	セキ	セツ つぐ	セツ もうける
簡体	制	税	责	绩	接	设
拼音	zhì	shuì	zé	jì	jiē	shè
繁体	製	稅	責	績	接	設
注音	ㄓˋ	ㄕㄨㄟˋ	ㄗㄜˊ	ㄐㄧˋ	ㄐㄧㄝ	ㄕㄜˋ

	755	756	757	758	759	760
常用	舌	絶	銭	祖	素	総
音訓	ゼツ した	ゼツ たえる	セン ぜに	ソ	ソ	ソウ
簡体	舌	绝	钱	祖	素	总
拼音	shé	jué	qián	zǔ	sù	zǒng
繁体	舌	絕	錢	祖	素	總
注音	ㄕㄜˊ	ㄐㄩㄝˊ	ㄑㄧㄢˊ	ㄗㄨˇ	ㄙㄨˋ	ㄗㄨㄥˇ

	761	762	763	764	765	766
常用	造	像	増	則	測	属
音訓	ゾウ / つくる	ゾウ	ゾウ / ます	ソク	ソク / はかる	ゾク
簡体	造	像	增	则	测	属
拼音	zào	xiàng	zēng	zé	cè	shǔ
繁体	造	像	增	則	測	屬
注音	ㄗㄠˋ	ㄒㄧㄤˋ	ㄗㄥ	ㄗㄜˊ	ㄘㄜˋ	ㄕㄨˇ

	767	768	769	770	771	772
常用	率	損	退	貸	態	団
音訓	ソツ / ひきいる	ソン / そこなう	タイ / しりぞく	タイ / かす	タイ	ダン
簡体	率	损	退	贷	态	团
拼音	shuài	sǔn	tuì	dài	tài	tuán
繁体	率	損	退	貸	態	團
注音	ㄕㄨㄞˋ	ㄙㄨㄣˇ	ㄊㄨㄟˋ	ㄉㄞˋ	ㄊㄞˋ	ㄊㄨㄢˊ

	773	774	775	776	777	778
常用	断	築	張	提	程	適
音訓	ダン ことわる	チク きずく	チョウ はる	テイ さげる	テイ ほど	テキ
簡体	断	筑	张	提	程	适
拼音	duàn	zhù	zhāng	tí	chéng	shì
繁体	斷	築	張	提	程	適
注音	ㄉㄨㄢˋ	ㄓㄨˋ	ㄓㄤ	ㄊㄧˊ	ㄔㄥˊ	ㄕˋ

	779	780	781	782	783	784
常用	敵	統	銅	導	徳	独
音訓	テキ かたき	トウ すべる	ドウ	ドウ みちびく	トク	ドク ひとり
簡体	敌	统	铜	导	德	独
拼音	dí	tǒng	tóng	dǎo	dé	dú
繁体	敵	統	銅	導	德	獨
注音	ㄉㄧˊ	ㄊㄨㄥˇ	ㄊㄨㄥˊ	ㄉㄠˇ	ㄉㄜˊ	ㄉㄨˊ

	785	786	787	788	789	790
常用	任	燃	能	破	犯	判
音訓	ニン / まかす	ネン / もえる	ノウ	ハ / やぶる	ハン / おかす	ハン
簡体	任	燃	能	破	犯	判
拼音	rèn	rán	néng	pò	fàn	pàn
繁体	任	燃	能	破	犯	判
注音	ㄖㄣˋ	ㄖㄢˊ	ㄋㄥˊ	ㄆㄛˋ	ㄈㄢˋ	ㄆㄢˋ

	791	792	793	794	795	796
常用	版	比	肥	非	備	俵
音訓	ハン	ヒ / くらべる	ヒ / こえる	ヒ	ビ / そなえる	ヒョウ / たわら
簡体	版	比	肥	非	备	俵
拼音	bǎn	bǐ	féi	fēi	bèi	biào
繁体	版	比	肥	非	備	俵
注音	ㄅㄢˇ	ㄅㄧˇ	ㄈㄟˊ	ㄈㄟ	ㄅㄟˋ	ㄅㄧㄠˋ

	797	798	799	800	801	802
常用	評	貧	布	婦	富	武
音訓	ヒョウ	ビン まずしい	フ ぬの	フ	フ とみ	ブ
簡体	评	贫	布	妇	富	武
拼音	píng	pín	bù	fù	fù	wǔ
繁体	評	貧	布	婦	富	武
注音	ㄆㄧㄥˊ	ㄆㄧㄣˊ	ㄅㄨˋ	ㄈㄨˋ	ㄈㄨˋ	ㄨˇ

	803	804	805	806	807	808
常用	復	複	仏	編	弁	保
音訓	フク	フク	ブツ ほとけ	ヘン あむ	ベン	ホ たもつ
簡体	复	复	佛	编	辩	保
拼音	fù	fù	fó	biān	biàn	bǎo
繁体	復	複	佛	編	辯	保
注音	ㄈㄨˋ	ㄈㄨˋ	ㄈㄛˊ	ㄅㄧㄢ	ㄅㄧㄢˋ	ㄅㄠˇ

小学5年

漢検6級

	809	810	811	812	813	814
常用	墓	報	豊	防	貿	暴
音訓	ボ はか	ホウ むくいる	ホウ ゆたか	ボウ ふせぐ	ボウ	ボウ あばれる
簡体	墓	报	丰	防	贸	暴
拼音	mù	bào	fēng	fáng	mào	bào
繁体	墓	報	豐	防	貿	暴
注音	ㄇㄨˋ	ㄅㄠˋ	ㄈㄥ	ㄈㄤˊ	ㄇㄠˋ	ㄅㄠˋ

	815	816	817	818	819	820
常用	務	夢	迷	綿	輸	余
音訓	ム つとめる	ム ゆめ	メイ まよう	メン わた	ユ	ヨ あまる
簡体	务	梦	迷	绵	输	余
拼音	wù	mèng	mí	mián	shū	yú
繁体	務	夢	迷	綿	輸	餘 余
注音	ㄨˋ	ㄇㄥˋ	ㄇㄧˊ	ㄇㄧㄢˊ	ㄕㄨ	ㄩˊ

	821	822	823	824	825
常用	預	容	略	留	領
音訓	ヨ / あずける	ヨウ	リャク	リュウ / とめる	リョウ
簡体	预	容	略	留	领
拼音	yù	róng	lüè	liú	lǐng
繁体	預	容	略	留	領
注音	ㄩˋ	ㄖㄨㄥˊ	ㄌㄩㄝˋ	ㄌㄧㄡˊ	ㄌㄧㄥˇ

MEMO

小學6年級學的漢字 181

目次

漢字檢定5級

小学校６年配当　181字　漢検５級

	826	827	828	829	830	831
常用	異	遺	域	宇	映	延
音訓	イ / こと	イ	イキ	ウ	エイ / うつる	エン / のびる
簡体	异	遗	域	宇	映	延
拼音	yì	yí	yù	yǔ	yìng	yán
繁体	異	遺	域	宇	映	延
注音	ㄧˋ	ㄧˊ	ㄩˋ	ㄩˇ	ㄧㄥˋ	ㄧㄢˊ

	832	833	834	835	836	837
常用	沿	我	灰	拡	革	閣
音訓	エン / そう	ガ / われ	カイ / はい	カク	カク / かわ	カク
簡体	沿	我	灰	扩	革	阁
拼音	yán	wǒ	huī	kuò	gé	gé
繁体	沿	我	灰	擴	革	閣
注音	ㄧㄢˊ	ㄨㄛˇ	ㄏㄨㄟ	ㄎㄨㄛˋ	ㄍㄜˊ	ㄍㄜˊ

	838	839	840	841	842	843
常用	割	株	干	巻	看	簡
音訓	カツ わる	かぶ	カン ほす	カン まく	カン	カン
簡体	割	株	干	卷	看	简
拼音	gē	zhū	gān	juǎn	kàn	jiǎn
繁体	割	株	乾	卷	看	簡
注音	ㄍㄜ	ㄓㄨ	ㄍㄢ	ㄐㄩㄢˇ	ㄎㄢˋ	ㄐㄧㄢˇ

	844	845	846	847	848	849
常用	危	机	揮	貴	疑	吸
音訓	キ あぶない	キ つくえ	キ	キ とうとい	ギ うたがう	キュウ すう
簡体	危	机	挥	贵	疑	吸
拼音	wēi	jī	huī	guì	yí	xī
繁体	危	機	揮	貴	疑	吸
注音	ㄨㄟˊ	ㄐㄧ	ㄏㄨㄟ	ㄍㄨㄟˋ	ㄧˊ	ㄒㄧ

	850	851	852	853	854	855
常用	供	胸	郷	勤	筋	系
音訓	キョウ そなえる	キョウ むね	キョウ	キン つとめる	キン すじ	ケイ
簡体	供	胸	乡	勤	筋	系
拼音	gòng	xiōng	xiāng	qín	jīn	xì
繁体	供	胸	鄉	勤	筋	系
注音	ㄍㄨㄥˋ	ㄒㄩㄥ	ㄒㄧㄤ	ㄑㄧㄣˊ	ㄐㄧㄣ	ㄒㄧˋ

	856	857	858	859	860	861
常用	敬	警	劇	激	穴	絹
音訓	ケイ うやまう	ケイ	ゲキ	ゲキ はげしい	ケツ あな	ケン きぬ
簡体	敬	警	剧	激	穴	绢
拼音	jìng	jǐng	jù	jī	xué	juàn
繁体	敬	警	劇	激	穴	絹
注音	ㄐㄧㄥˋ	ㄐㄧㄥˇ	ㄐㄩˋ	ㄐㄧ	ㄒㄩㄝˊ	ㄐㄩㄢˋ

	862	863	864	865	866	867
常用	権	憲	源	厳	己	呼
音訓	ケン	ケン	ゲン みなもと	ゲン きびしい	コ おのれ	コ よぶ
簡体	权	宪	源	严	己	呼
拼音	quán	xiàn	yuán	yán	jǐ	hū
繁体	權	憲	源	嚴	己	呼
注音	ㄑㄩㄢˊ	ㄒㄧㄢˋ	ㄩㄢˊ	ㄧㄢˊ	ㄐㄧˇ	ㄏㄨ

	868	869	870	871	872	873
常用	誤	后	孝	皇	紅	降
音訓	ゴ あやまる	コウ	コウ	コウ	コウ べに	コウ おりる
簡体	误	后	孝	皇	红	降
拼音	wù	hòu	xiào	huáng	hóng	jiàng
繁体	誤	后	孝	皇	紅	降
注音	ㄨˋ	ㄏㄡˋ	ㄒㄧㄠˋ	ㄏㄨㄤˊ	ㄏㄨㄥˊ	ㄐㄧㄤˋ

	874	875	876	877	878	879
常用	鋼	刻	穀	骨	困	砂
音訓	コウ はがね	コク きざむ	コク	コツ ほね	コン こまる	サ すな
簡体	钢	刻	谷	骨	困	砂
拼音	gāng	kè	gŭ	gŭ	kùn	shā
繁体	鋼	刻	穀	骨	困	砂
注音	ㄍㄤ	ㄎㄜˋ	ㄍㄨˇ	ㄍㄨˇ	ㄎㄨㄣˋ	ㄕㄚ

	880	881	882	883	884	885
常用	座	済	裁	策	冊	蚕
音訓	ザ すわる	サイ すむ	サイ さばく	サク	サツ	サン かいこ
簡体	座	济	裁	策	册	蚕
拼音	zuò	jì	cái	cè	cè	cán
繁体	座	濟	裁	策	冊	蠶
注音	ㄗㄨㄛˋ	ㄐㄧˋ	ㄘㄞˊ	ㄘㄜˋ	ㄘㄜˋ	ㄘㄢˊ

	886	887	888	889	890	891
常用	至	私	姿	視	詞	誌
音訓	シ いたる	シ わたし	シ すがた	シ	シ	シ
簡体	至	私	姿	视	词	志
拼音	zhì	sī	zī	shì	cí	zhì
繁体	至	私	姿	視	詞	誌
注音	ㄓˋ	ㄙ	ㄗ	ㄕˋ	ㄘˊ	ㄓˋ

	892	893	894	895	896	897
常用	磁	射	捨	尺	若	樹
音訓	ジ	シャ いる	シャ すてる	シャク	ジャク わかい	ジュ
簡体	磁	射	舍	尺	若	树
拼音	cí	shè	shě	chǐ	ruò	shù
繁体	磁	射	捨	尺	若	樹
注音	ㄘˊ	ㄕㄜˋ	ㄕㄜˇ	ㄔˇ	ㄖㄨㄛˋ	ㄕㄨˋ

	898	899	900	901	902	903
常用	収	宗	就	衆	従	縦
音訓	シュウ おさめる	シュウ	シュウ つく	シュウ	ジュウ したがう	ジュウ たて
簡体	收	宗	就	众	从	纵
拼音	shōu	zōng	jiù	zhòng	cóng	zòng
繁体	收	宗	就	眾	從	縱
注音	ㄕㄡ	ㄗㄨㄥ	ㄐㄧㄡˋ	ㄓㄨㄥˋ	ㄘㄨㄥˊ	ㄗㄨㄥˋ

	904	905	906	907	908	909
常用	縮	熟	純	処	署	諸
音訓	シュク ちぢむ	ジュク うれる	ジュン	ショ	ショ	ショ
簡体	缩	熟	纯	处	署	诸
拼音	suō	shú	chún	chù	shǔ	zhū
繁体	縮	熟	純	處	署	諸
注音	ㄙㄨㄛ	ㄕㄨˊ	ㄔㄨㄣˊ	ㄔㄨˋ	ㄕㄨˇ	ㄓㄨ

	910	911	912	913	914	915
常用	除	将	傷	障	城	蒸
音訓	ジョ のぞく	ショウ	ショウ きず	ショウ さわる	ジョウ しろ	ジョウ むす
簡体	除	将	伤	障	城	蒸
拼音	chú	jiāng	shāng	zhàng	chéng	zhēng
繁体	除	將	傷	障	城	蒸
注音	ㄔㄨˊ	ㄐㄧㄤ	ㄕㄤ	ㄓㄤˋ	ㄔㄥˊ	ㄓㄥ

	916	917	918	919	920	921
常用	針	仁	垂	推	寸	盛
音訓	シン はり	ジン	スイ たれる	スイ おす	スン	セイ もる
簡体	针	仁	垂	推	寸	盛
拼音	zhēn	rén	chuí	tuī	cùn	shèng
繁体	針	仁	垂	推	寸	盛
注音	ㄓㄣ	ㄖㄣˊ	ㄔㄨㄟˊ	ㄊㄨㄟ	ㄘㄨㄣˋ	ㄕㄥˋ

	922	923	924	925	926	927
常用	聖	誠	宣	専	泉	洗
音訓	セイ	セイ まこと	セン	セン もっぱら	セン いずみ	セン あらう
簡体	圣	诚	宣	专	泉	洗
拼音	shèng	chéng	xuān	zhuān	quán	xǐ
繁体	聖	誠	宣	專	泉	洗
注音	ㄕㄥˋ	ㄔㄥˊ	ㄒㄩㄢ	ㄓㄨㄢ	ㄑㄩㄢˊ	ㄒㄧˇ

	928	929	930	931	932	933
常用	染	善	奏	窓	創	装
音訓	セン そめる	ゼン よい	ソウ かなでる	ソウ まど	ソウ つくる	ソウ よそおう
簡体	染	善	奏	窗	创	装
拼音	rǎn	shàn	zòu	chuāng	chuàng	zhuāng
繁体	染	善	奏	窗	創	裝
注音	ㄖㄢˇ	ㄕㄢˋ	ㄗㄡˋ	ㄔㄨㄤ	ㄔㄨㄤˋ	ㄓㄨㄤ

	934	935	936	937	938	939
常用	層	操	蔵	臓	存	尊
音訓	ソウ	ソウ / あやつる	ゾウ / くら	ゾウ	ソン	ソン / とうとい
簡体	层	操	藏	脏	存	尊
拼音	céng	cāo	cáng	zàng	cún	zūn
繁体	層	操	藏	臟	存	尊
注音	ㄘㄥˊ	ㄘㄠ	ㄘㄤˊ	ㄗㄤˋ	ㄘㄨㄣˊ	ㄗㄨㄣ

	940	941	942	943	944	945
常用	宅	担	探	誕	段	暖
音訓	タク	タン / かつぐ	タン / さがす	タン	ダン	ダン / あたたかい
簡体	宅	担	探	诞	段	暖
拼音	zhái	dān	tàn	dàn	duàn	nuǎn
繁体	宅	擔	探	誕	段	暖
注音	ㄓㄞˊ	ㄉㄢ	ㄊㄢˋ	ㄉㄢˋ	ㄉㄨㄢˋ	ㄋㄨㄢˇ

	946	947	948	949	950	951
常用	値	宙	忠	著	庁	頂
音訓	チ / ね	チュウ	チュウ	チョ / あらわす	チョウ	チョウ / いただく
簡体	值	宙	忠	著	厅	顶
拼音	zhí	zhòu	zhōng	zhù	tīng	dǐng
繁体	值	宙	忠	著	廳	頂
注音	ㄓˊ	ㄓㄡˋ	ㄓㄨㄥ	ㄓㄨˋ	ㄊㄧㄥ	ㄉㄧㄥˇ

	952	953	954	955	956	957
常用	潮	賃	痛	展	討	党
音訓	チョウ / しお	チン	ツウ / いたい	テン	トウ / うつ	トウ
簡体	潮	赁	痛	展	讨	党
拼音	cháo	lìn	tòng	zhǎn	tǎo	dǎng
繁体	潮	賃	痛	展	討	黨
注音	ㄔㄠˊ	ㄌㄧㄣˋ	ㄊㄨㄥˋ	ㄓㄢˇ	ㄊㄠˇ	ㄉㄤˇ

	958	959	960	961	962	963
常用	糖	届	難	乳	認	納
音訓	トウ	とどく	ナン むずかしい	ニュウ ちち	ニン みとめる	ノウ おさめる
簡体	糖	届	难	乳	认	纳
拼音	táng	jiè	nán	rǔ	rèn	nà
繁体	糖	屆	難	乳	認	納
注音	ㄊㄤˊ	ㄐㄧㄝˋ	ㄋㄢˊ	ㄖㄨˇ	ㄖㄣˋ	ㄋㄚˋ

	964	965	966	967	968	969
常用	脳	派	拝	背	肺	俳
音訓	ノウ	ハ	ハイ おがむ	ハイ せ	ハイ	ハイ
簡体	脑	派	拜	背	肺	俳
拼音	nǎo	pāi	bài	bèi	fèi	pái
繁体	腦	派	拜	背	肺	俳
注音	ㄋㄠˇ	ㄆㄞ	ㄅㄞˋ	ㄅㄟˋ	ㄈㄟˋ	ㄆㄞˊ

	970	971	972	973	974	975
常用	班	晩	否	批	秘	腹
音訓	ハン	バン	ヒ いな	ヒ	ヒ ひめる	フク はら
簡体	班	晚	否	批	秘	腹
拼音	bān	wǎn	fǒu	pī	mì	fù
繁体	班	晚	否	批	秘	腹
注音	ㄅㄢ	ㄨㄢˇ	ㄈㄡˇ	ㄆㄧ	ㄇㄧˋ	ㄈㄨˋ

	976	977	978	979	980	981
常用	奮	並	陛	閉	片	補
音訓	フン ふるう	ヘイ なみ	ヘイ	ヘイ とじる	ヘン かた	ホ おぎなう
簡体	奋	并	陛	闭	片	补
拼音	fèn	bìng	bì	bì	piàn	bǔ
繁体	奮	並	陛	閉	片	補
注音	ㄈㄣˋ	ㄅㄧㄥˋ	ㄅㄧˋ	ㄅㄧˋ	ㄆㄧㄢˋ	ㄅㄨˇ

	982	983	984	985	986	987
常用	暮	宝	訪	亡	忘	棒
音訓	ボ くらす	ホウ たから	ボウ たずねる	ボウ ない	ボウ わすれる	ボウ
簡体	暮	宝	访	亡	忘	棒
拼音	mù	bǎo	fǎng	wáng	wàng	bàng
繁体	暮	寶	訪	亡	忘	棒
注音	ㄇㄨˋ	ㄅㄠˇ	ㄈㄤˇ	ㄨㄤˊ	ㄨㄤˋ	ㄅㄤˋ

	988	989	990	991	992	993
常用	枚	幕	密	盟	模	訳
音訓	マイ	マク	ミツ	メイ	モ	ヤク わけ
簡体	枚	幕	密	盟	模	译
拼音	méi	mù	mì	méng	mó	yì
繁体	枚	幕	密	盟	模	譯
注音	ㄇㄟˊ	ㄇㄨˋ	ㄇㄧˋ	ㄇㄥˊ	ㄇㄛˊ	ㄧˋ

	994	995	996	997	998	999
常用	郵	優	幼	欲	翌	乱
音訓	ユウ	ユウ やさしい	ヨウ おさない	ヨク ほしい	ヨク	ラン みだす
簡体	邮	优	幼	欲	翌	乱
拼音	yóu	yōu	yòu	yù	yì	luàn
繁体	郵	優	幼	欲	翌	亂
注音	ㄧㄡˊ	ㄧㄡ	ㄧㄡˋ	ㄩˋ	ㄧˋ	ㄌㄨㄢˋ

	1000	1001	1002	1003	1004	1005
常用	卵	覧	裏	律	臨	朗
音訓	ラン たまご	ラン	リ うら	リツ	リン のぞむ	ロウ ほがらか
簡体	卵	览	里	律	临	朗
拼音	ruǎn	lǎn	lǐ	lǜ	lín	lǎng
繁体	卵	覽	裏 裡	律	臨	朗
注音	ㄖㄨㄢˇ	ㄌㄢˇ	ㄌㄧˇ	ㄌㄩˋ	ㄌㄧㄣˊ	ㄌㄤˇ

	1006
常用	論
音訓	ロン
簡体	论
拼音	lùn
繁体	論
注音	ㄌㄨㄣˋ

MEMO

中學 ①年級 學的漢字 316

目次

漢字検定4級

中学校１年配当　316字　漢検４級

	1007	1008	1009	1010	1011	1012
常用	握	扱	依	威	為	偉
音訓	アク にぎる	あつかう	イ	イ	イ	イ えらい
簡体	握	扱	依	威	为	伟
拼音	wò	xī	yī	wēi	wéi	wěi
繁体	握	扱	依	威	為	偉
注音	ㄨㄛˋ	ㄒㄧ	ㄧ	ㄨㄟ	ㄨㄟˊ	ㄨㄟˇ

	1013	1014	1015	1016	1017	1018
常用	違	維	緯	壱	芋	陰
音訓	イ ちがう	イ	イ	イチ	いも	イン かげ
簡体	违	维	纬	壹	芋	阴
拼音	wéi	wéi	wěi	yī	yù	yīn
繁体	違	維	緯	壹	芋	陰
注音	ㄨㄟˊ	ㄨㄟˊ	ㄨㄟˇ	ㄧ	ㄩˋ	ㄧㄣ

	1019	1020	1021	1022	1023	1024
常用	隠	影	鋭	越	援	煙
音訓	イン / かくす	エイ / かげ	エイ / するどい	エツ / こす	エン	エン / けむり
簡体	隐	影	锐	越	援	烟
拼音	yǐn	yǐng	ruì	yuè	yuán	yān
繁体	隱	影	銳	越	援	煙
注音	ㄧㄣˇ	ㄧㄥˇ	ㄖㄨㄟˋ	ㄩㄝˋ	ㄩㄢˊ	ㄧㄢ

	1025	1026	1027	1028	1029	1030
常用	鉛	縁	汚	押	奥	憶
音訓	エン / なまり	エン / ふち	オ / きたない	オウ / おす	オウ / おく	オク
簡体	铅	缘	污	押	奥	忆
拼音	qiān	yuán	wū	yā	ào	yì
繁体	鉛	緣	污	押	奧	憶
注音	ㄑㄧㄢ	ㄩㄢˊ	ㄨ	ㄧㄚ	ㄠˋ	ㄧˋ

	1031	1032	1033	1034	1035	1036
常用	菓	暇	箇	雅	介	戒
音訓	カ	カ ひま	カ	ガ	カイ	カイ いましめる
簡体	果	暇	个	雅	介	戒
拼音	guǒ	xiá	gè	yǎ	jiè	jiè
繁体	粿	暇	個	雅	介	戒
注音	ㄍㄨㄛˇ	ㄒㄧㄚˊ	ㄍㄜˋ	ㄧㄚˇ	ㄐㄧㄝˋ	ㄐㄧㄝˋ

	1037	1038	1039	1040	1041	1042
常用	皆	壊	較	獲	刈	甘
音訓	カイ みな	カイ こわす	カク	カク える	かる	カン あまい
簡体	皆	坏	较	获	刈	甘
拼音	jiē	huài	jiào	huò	yì	gān
繁体	皆	壞	較	獲	刈	甘
注音	ㄐㄧㄝ	ㄏㄨㄞˋ	ㄐㄧㄠˋ	ㄏㄨㄛˋ	ㄧˋ	ㄍㄢ

	1043	1044	1045	1046	1047	1048
常用	汗	乾	勧	歓	監	環
音訓	カン あせ	カン かわく	カン すすめる	カン	カン	カン
簡体	汗	干	劝	欢	监	环
拼音	hàn	gān	quàn	huān	jiān	huán
繁体	汗	乾	勸	歡	監	環
注音	ㄏㄢˋ	ㄍㄢ	ㄑㄩㄢˋ	ㄏㄨㄢ	ㄐㄧㄢ	ㄏㄨㄢˊ

	1049	1050	1051	1052	1053	1054
常用	鑑	含	奇	祈	鬼	幾
音訓	カン かんがみる	ガン ふくむ	キ	キ いのる	キ おに	キ いく
簡体	鉴	含	奇	祈	鬼	几
拼音	jiàn	hán	qí	qí	guǐ	jǐ
繁体	鑑	含	奇	祈	鬼	幾
注音	ㄐㄧㄢˋ	ㄏㄢˊ	ㄑㄧˊ	ㄑㄧˊ	ㄍㄨㄟˇ	ㄐㄧˇ

	1055	1056	1057	1058	1059	1060
常用	輝	儀	戯	詰	却	脚
音訓	キ かがやく	ギ	ギ たわむれる	キツ つめる	キャク	キャク あし
簡体	辉	仪	戏	诘	却	脚
拼音	huī	yí	xì	jié	què	jiǎo
繁体	輝	儀	戲	詰	卻	腳
注音	ㄏㄨㄟ	ㄧˊ	ㄒㄧˋ	ㄐㄧㄝˊ	ㄑㄩㄝˋ	ㄐㄧㄠˇ

	1061	1062	1063	1064	1065	1066
常用	及	丘	朽	巨	拠	距
音訓	キュウ およぶ	キュウ おか	キュウ くちる	キョ	キョ	キョ
簡体	及	丘	朽	巨	据	距
拼音	jí	qiū	xiǔ	jù	jù	jù
繁体	及	丘	朽	巨	據	距
注音	ㄐㄧˊ	ㄑㄧㄡ	ㄒㄧㄡˇ	ㄐㄩˋ	ㄐㄩˋ	ㄐㄩˋ

	1067	1068	1069	1070	1071	1072
常用	御	凶	叫	狂	況	狭
音訓	ギョ / おん	キョウ	キョウ / さけぶ	キョウ / くるう	キョウ	キョウ / せまい
簡体	御	凶	叫	狂	况	狭
拼音	yù	xiōng	jiào	kuáng	kuàng	xiá
繁体	御	凶	叫	狂	況	狹
注音	ㄩˋ	ㄒㄩㄥ	ㄐㄧㄠˋ	ㄎㄨㄤˊ	ㄎㄨㄤˋ	ㄒㄧㄚˊ

	1073	1074	1075	1076	1077	1078
常用	恐	響	驚	仰	駆	屈
音訓	キョウ / おそれる	キョウ / ひびく	キョウ / おどろく	ギョウ / あおぐ	ク / かける	クツ
簡体	恐	响	惊	仰	驱	屈
拼音	kǒng	xiǎng	jīng	yǎng	qū	qū
繁体	恐	響	驚	仰	驅	屈
注音	ㄎㄨㄥˇ	ㄒㄧㄤˇ	ㄐㄧㄥ	ㄧㄤˇ	ㄑㄩ	ㄑㄩ

	1079	1080	1081	1082	1083	1084
常用	掘	繰	恵	傾	継	迎
音訓	クツ ほる	くる	ケイ めぐむ	ケイ かたむく	ケイ つぐ	ゲイ むかえる
簡体	掘	缲	惠	倾	继	迎
拼音	jué	qiāo	huì	qīng	jì	yíng
繁体	掘	繅	惠	傾	繼	迎
注音	ㄐㄩㄝˊ	ㄙㄠ	ㄏㄨㄟˋ	ㄑㄧㄥ	ㄐㄧˋ	ㄧㄥˊ

	1085	1086	1087	1088	1089	1090
常用	撃	肩	兼	剣	軒	圏
音訓	ゲキ うつ	ケン かた	ケン かねる	ケン つるぎ	ケン のき	ケン
簡体	击	肩	兼	剑	轩	圈
拼音	jī	jiān	jiān	jiàn	xuān	quān
繁体	擊	肩	兼	劍	軒	圈
注音	ㄐㄧˊ	ㄐㄧㄢ	ㄐㄧㄢ	ㄐㄧㄢˋ	ㄒㄩㄢ	ㄑㄩㄢ

	1091	1092	1093	1094	1095	1096
常用	堅	遣	玄	枯	誇	鼓
音訓	ケン / かたい	ケン / つかう	ゲン	コ / かれる	コ / ほこる	コ / つづみ
簡体	坚	遣	玄	枯	夸	鼓
拼音	jiān	qiǎn	xuán	kū	kuā	gǔ
繁体	堅	遣	玄	枯	誇	鼓
注音	ㄐㄧㄢ	ㄑㄧㄢˇ	ㄒㄩㄢˊ	ㄎㄨ	ㄎㄨㄚ	ㄍㄨˇ

	1097	1098	1099	1100	1101	1102
常用	互	抗	攻	更	恒	荒
音訓	ゴ / たがい	コウ	コウ / せめる	コウ / さら	コウ	コウ / あらい
簡体	互	抗	攻	更	恒	荒
拼音	hù	kàng	gōng	gèng	héng	huāng
繁体	互	抗	攻	更	恒	荒
注音	ㄏㄨˋ	ㄎㄤˋ	ㄍㄨㄥ	ㄍㄥˋ	ㄏㄥˊ	ㄏㄨㄤ

	1103	1104	1105	1106	1107	1108
常用	香	項	稿	豪	込	婚
音訓	コウ かおる	コウ	コウ	ゴウ	こむ	コン
簡体	香	项	稿	豪	*	婚
拼音	xiāng	xiàng	gǎo	háo		hūn
繁体	香	項	稿	豪	*	婚
注音	ㄒㄧㄤ	ㄒㄧㄤˋ	ㄍㄠˇ	ㄏㄠˊ		ㄏㄨㄣ

	1109	1110	1111	1112	1113	1114
常用	鎖	彩	歳	載	剤	咲
音訓	サ くさり	サイ いろどる	サイ	サイ のる	ザイ	さく
簡体	锁	彩	岁	载	剂	笑
拼音	suǒ	cǎi	suì	zài	jì	xiào
繁体	鎖	彩	歲	載	劑	笑
注音	ㄙㄨㄛˇ	ㄘㄞˇ	ㄙㄨㄟˋ	ㄗㄞˋ	ㄐㄧˋ	ㄒㄧㄠˋ

	1115	1116	1117	1118	1119	1120
常用	惨	旨	伺	刺	脂	紫
音訓	サン / みじめ	シ / むね	シ / うかがう	シ / さす	シ / あぶら	シ / むらさき
簡体	惨	旨	伺	刺	脂	紫
拼音	cǎn	zhǐ	sì	cì	zhī	zǐ
繁体	慘	旨	伺	刺	脂	紫
注音	ㄘㄢˇ	ㄓˇ	ㄙˋ	ㄘˋ	ㄓ	ㄗˇ

	1121	1122	1123	1124	1125	1126
常用	雌	執	芝	斜	煮	釈
音訓	シ / めす	シツ / とる	しば	シャ / ななめ	シャ / にる	シャク
簡体	雌	执	芝	斜	煮	释
拼音	cí	zhí	zhī	xié	zhǔ	shì
繁体	雌	執	芝	斜	煮	釋
注音	ㄘˊ	ㄓˊ	ㄓ	ㄒㄧㄝˊ	ㄓㄨˇ	ㄕˋ

	1127	1128	1129	1130	1131	1132
常用	寂	朱	狩	趣	需	舟
音訓	シャク / さみしい	シュ / あか	シュ / かり	シュ / おもむき	ジュ	シュウ / ふね
簡体	寂	朱	狩	趣	需	舟
拼音	jì	zhū	shòu	qù	xū	zhōu
繁体	寂	朱	狩	趣	需	舟
注音	ㄐㄧˋ	ㄓㄨ	ㄕㄡˋ	ㄑㄩˋ	ㄒㄩ	ㄓㄡ

	1133	1134	1135	1136	1137	1138
常用	秀	襲	柔	獣	瞬	旬
音訓	シュウ / ひいでる	シュウ / おそう	ジュウ / やわらか	ジュウ / けもの	シュン / またたく	ジュン
簡体	秀	袭	柔	兽	瞬	旬
拼音	xiù	xí	róu	shòu	shùn	xún
繁体	秀	襲	柔	獸	瞬	旬
注音	ㄒㄧㄡˋ	ㄒㄧˊ	ㄖㄡˊ	ㄕㄡˋ	ㄕㄨㄣˋ	ㄒㄩㄣˊ

	1139	1140	1141	1142	1143	1144
常用	巡	盾	召	床	沼	称
音訓	ジュン めぐる	ジュン たて	ショウ めす	ショウ とこ	ショウ ぬま	ショウ
簡体	巡	盾	召	床	沼	称
拼音	xún	dùn	zhào	chuáng	zhǎo	chēng
繁体	巡	盾	召	床	沼	稱
注音	ㄒㄩㄣˊ	ㄉㄨㄣˋ	ㄓㄠˋ	ㄔㄨㄤˊ	ㄓㄠˇ	ㄔㄥ

	1145	1146	1147	1148	1149	1150
常用	紹	詳	丈	畳	殖	飾
音訓	ショウ	ショウ くわしい	ジョウ たけ	ジョウ たたみ	ショク ふえる	ショク かざる
簡体	绍	详	丈	叠	殖	饰
拼音	shào	xiáng	zhàng	dié	zhí	shì
繁体	紹	詳	丈	疊	殖	飾
注音	ㄕㄠˋ	ㄒㄧㄤˊ	ㄓㄤˋ	ㄉㄧㄝˊ	ㄓˊ	ㄕˋ

	1151	1152	1153	1154	1155	1156
常用	触	侵	振	浸	寝	慎
音訓	ショク / ふれる	シン / おかす	シン / ふる	シン / ひたる	シン / ねる	シン / つつしむ
簡体	触	侵	振	浸	寝	慎
拼音	chù	qīn	zhèn	jìn	qǐn	shèn
繁体	觸	侵	振	浸	寢	慎
注音	ㄔㄨˋ	ㄑㄧㄣ	ㄓㄣˋ	ㄐㄧㄣˋ	ㄑㄧㄣˇ	ㄕㄣˋ

	1157	1158	1159	1160	1161	1162
常用	震	薪	尽	陣	尋	吹
音訓	シン / ふるう	シン / たきぎ	ジン / つきる	ジン	ジン / たずねる	スイ / ふく
簡体	震	薪	尽	阵	寻	吹
拼音	zhèn	xīn	jìn	zhèn	xún	chuī
繁体	震	薪	盡	陣	尋	吹
注音	ㄓㄣˋ	ㄒㄧㄣ	ㄐㄧㄣˋ	ㄓㄣˋ	ㄒㄩㄣˊ	ㄔㄨㄟ

	1163	1164	1165	1166	1167	1168
常用	是	井	姓	征	跡	占
音訓	ゼ	ショウ / い	セイ	セイ	セキ / あと	セン / しめる
簡体	是	井	姓	征	迹	占
拼音	shì	jǐng	xìng	zhēng	jī	zhàn
繁体	是	井	姓	征	跡	占
注音	ㄕˋ	ㄐㄧㄥˇ	ㄒㄧㄥˋ	ㄓㄥ	ㄐㄧ	ㄓㄢˋ

	1169	1170	1171	1172	1173	1174
常用	扇	鮮	訴	僧	燥	騒
音訓	セン / おおぎ	セン / あざやか	ソ / うったえる	ソウ	ソウ	ソウ / さわぐ
簡体	扇	鲜	诉	僧	燥	骚
拼音	shàn	xiān	sù	sēng	zào	sāo
繁体	扇	鮮	訴	僧	燥	騷
注音	ㄕㄢˋ	ㄒㄧㄢ	ㄙㄨˋ	ㄙㄥ	ㄗㄠˋ	ㄙㄠ

	1175	1176	1177	1178	1179	1180
常用	贈	即	俗	耐	替	沢
音訓	ゾウ おくる	ソク	ゾク	タイ たえる	タイ かわる	タク さわ
簡体	赠	即	俗	耐	替	泽
拼音	zèng	jí	sú	nài	tì	zé
繁体	贈	即	俗	耐	替	澤
注音	ㄗㄥˋ	ㄐㄧˊ	ㄙㄨˊ	ㄋㄞˋ	ㄊㄧˋ	ㄗㄜˊ

	1181	1182	1183	1184	1185	1186
常用	拓	濁	脱	丹	淡	嘆
音訓	タク	ダク にごる	ダツ ぬぐ	タン	タン あわい	タン なげく
簡体	拓	浊	脱	丹	淡	叹
拼音	tuò	zhuó	tuō	dān	dàn	tàn
繁体	拓	濁	脫	丹	淡	嘆
注音	ㄊㄨㄛˋ	ㄓㄨㄛˊ	ㄊㄨㄛ	ㄉㄢ	ㄉㄢˋ	ㄊㄢˋ

	1187	1188	1189	1190	1191	1192
常用	端	弾	恥	致	遅	蓄
音訓	タン はし	ダン はずむ	チ はじ	チ いたす	チ おそい	チク たくわえる
簡体	端	弹	耻	致	迟	蓄
拼音	duān	tán	chǐ	zhì	chí	xù
繁体	端	彈	恥	致	遲	蓄
注音	ㄉㄨㄢ	ㄊㄢˊ	ㄔˇ	ㄓˋ	ㄔˊ	ㄒㄩˋ

	1193	1194	1105	1196	1197	1198
常用	沖	跳	徴	澄	沈	珍
音訓	チュウ おき	チョウ とぶ	チョウ	チョウ すむ	チン しずむ	チン めずらしい
簡体	冲	跳	征	澄	沉	珍
拼音	chōng	tiào	zhēng	chéng	chén	zhēn
繁体	沖	跳	徵	澄	沉	珍
注音	ㄔㄨㄥ	ㄊㄧㄠˋ	ㄓㄥ	ㄔㄥˊ	ㄔㄣˊ	ㄓㄣ

	1199	1200	1201	1202	1203	1204
常用	抵	堤	摘	滴	添	殿
音訓	テイ	テイ つつみ	テキ つむ	テキ しずく	テン そえる	デン との
簡体	抵	堤	摘	滴	添	殿
拼音	dǐ	tí	zhāi	dī	tiān	diàn
繁体	抵	堤	摘	滴	添	殿
注音	ㄉㄧˇ	ㄊㄧˊ	ㄓㄞ	ㄉㄧ	ㄊㄧㄢ	ㄉㄧㄢˋ

	1205	1206	1207	1208	1209	1210
常用	吐	途	渡	奴	怒	到
音訓	ト はく	ト	ト わたる	ド	ド おこる	トウ
簡体	吐	途	渡	奴	怒	到
拼音	tǔ	tú	dù	nú	nù	dào
繁体	吐	途	渡	奴	怒	到
注音	ㄊㄨˇ	ㄊㄨˊ	ㄉㄨˋ	ㄋㄨˊ	ㄋㄨˋ	ㄉㄠˋ

	1211	1212	1213	1214	1215	1216
常用	逃	倒	唐	桃	透	盗
音訓	トウ にげる	トウ たおす	トウ から	トウ もも	トウ すく	トウ ぬすむ
簡体	逃	倒	唐	桃	透	盗
拼音	táo	dǎo	táng	táo	tòu	dào
繁体	逃	倒	唐	桃	透	盜
注音	ㄊㄠˊ	ㄉㄠˇ	ㄊㄤˊ	ㄊㄠˊ	ㄊㄡˋ	ㄉㄠˋ

	1217	1218	1219	1220	1221	1222
常用	塔	稲	踏	闘	胴	峠
音訓	トウ	トウ いね	トウ ふむ	トウ たたかう	ドウ	とうげ
簡体	塔	稻	踏	斗	胴	*
拼音	tǎ	dào	tà	dòu	dòng	
繁体	塔	稻	踏	鬪	胴	*
注音	ㄊㄚˇ	ㄉㄠˋ	ㄊㄚˋ	ㄉㄡˋ	ㄉㄨㄥˋ	

	1223	1224	1225	1226	1227	1228
常用	突	鈍	曇	弐	悩	濃
音訓	トツ つく	ドン にぶい	ドン くもり	ニ	ノウ なやむ	ノウ こい
簡体	突	钝	昙	贰	恼	浓
拼音	tū	dùn	tán	èr	nǎo	nóng
繁体	突	鈍	曇	貳	惱	濃
注音	ㄊㄨˊ	ㄉㄨㄣˋ	ㄊㄢˊ	ㄦˋ	ㄋㄠˇ	ㄋㄨㄥˊ

	1229	1230	1231	1232	1233	1234
常用	杯	輩	拍	泊	迫	薄
音訓	ハイ さかずき	ハイ	ハク	ハク	はく せまる	ハク うすい
簡体	杯	辈	拍	泊	迫	薄
拼音	bēi	bèi	pāi	bó	pò	bó
繁体	杯	輩	拍	泊	迫	薄
注音	ㄅㄟ	ㄅㄟˋ	ㄆㄞ	ㄅㄛˊ	ㄆㄛˋ	ㄅㄛˊ

	1235	1236	1237	1238	1239	1240
常用	爆	髪	抜	罰	般	販
音訓	バク	ハク / かみ	バツ / ぬく	バツ	ハン	ハン
簡体	爆	发	拔	罚	般	贩
拼音	bào	fà	bá	fá	bān	fàn
繁体	爆	髮	拔	罰	般	販
注音	ㄅㄠˋ	ㄈㄚˇ	ㄅㄚˊ	ㄈㄚˊ	ㄅㄢ	ㄈㄢˋ

	1241	1242	1243	1244	1245	1246
常用	搬	範	繁	盤	彼	疲
音訓	ハン	ハン	ハン	バン	ヒ / かれ	ヒ / つかれる
簡体	搬	范	繁	盘	彼	疲
拼音	bān	fàn	fán	pán	bǐ	pí
繁体	搬	範	繁	盤	彼	疲
注音	ㄅㄢ	ㄈㄢˋ	ㄈㄢˊ	ㄆㄢˊ	ㄅㄧˇ	ㄆㄧˊ

	1247	1248	1249	1250	1251	1252
常用	被	避	尾	微	匹	描
音訓	ヒ こうむる	ヒ さける	ビ お	ビ	ヒツ ひき	ビョウ えがく
簡体	被	避	尾	微	匹	描
拼音	bèi	bì	wěi	wēi	pī	miáo
繁体	被	避	尾	微	匹	描
注音	ㄅㄟˋ	ㄅㄧˋ	ㄨㄟˇ	ㄨㄟˊ	ㄆㄧ	ㄇㄧㄠˊ

	1253	1254	1255	1256	1257	1258
常用	浜	敏	怖	浮	普	腐
音訓	ヒン はま	ビン	フ こわい	フ うく	フ	フ くさる
簡体	滨	敏	怖	浮	普	腐
拼音	bīn	mǐn	bù	fú	pǔ	fǔ
繁体	濱	敏	怖	浮	普	腐
注音	ㄅㄧㄣ	ㄇㄧㄣˇ	ㄅㄨˋ	ㄈㄨˊ	ㄆㄨˇ	ㄈㄨˇ

	1259	1260	1261	1262	1263	1264
常用	敷	膚	賦	舞	幅	払
音訓	フ / しく	フ	フ	ブ / まう	フク / はば	フツ / はらう
簡体	敷	肤	赋	舞	幅	拂
拼音	fū	fū	fù	wǔ	fú	fú
繁体	敷	膚	賦	舞	幅	拂
注音	ㄈㄨ	ㄈㄨ	ㄈㄨˋ	ㄨˇ	ㄈㄨˊ	ㄈㄨˊ

	1265	1266	1267	1268	1269	1270
常用	噴	柄	壁	捕	舗	抱
音訓	フン / ふく	ヘイ / がら	ヘキ / かべ	ホ / とらえる	ホ	ホウ / だく
簡体	喷	柄	壁	捕	铺	抱
拼音	pēn	bǐng	bì	bǔ	pū	bào
繁体	噴	柄	壁	捕	鋪	抱
注音	ㄆㄣ	ㄅㄧㄥˇ	ㄅㄧˋ	ㄅㄨˇ	ㄆㄨ	ㄅㄠˋ

	1271	1272	1273	1274	1275	1276
常用	峰	砲	忙	坊	肪	冒
音訓	ホウ / みね	ホウ	ボウ / いそがしい	ボウ	ボウ	ボウ / おかす
簡体	峰	炮	忙	坊	肪	冒
拼音	fēng	pào	máng	fāng	fáng	mào
繁体	峰	炮	忙	坊	肪	冒
注音	ㄈㄥ	ㄆㄠˋ	ㄇㄤˊ	ㄈㄤ	ㄈㄤˊ	ㄇㄠˋ

	1277	1278	1279	1280	1281	1282
常用	傍	帽	凡	盆	慢	漫
音訓	ボウ / かたわら	ボウ	ボン	ボン	マン	マン
簡体	傍	帽	凡	盆	慢	漫
拼音	bàng	mào	fán	pén	màn	màn
繁体	傍	帽	凡	盆	慢	漫
注音	ㄅㄤˋ	ㄇㄠˋ	ㄈㄢˊ	ㄆㄣˊ	ㄇㄢˋ	ㄇㄢˋ

	1283	1284	1285	1286	1287	1288
常用	妙	眠	矛	霧	娘	茂
音訓	ミョウ	ミン / ねむる	ム / ほこ	ム / きり	むすめ	モ / しげる
簡体	妙	眠	矛	雾	娘	茂
拼音	miào	mián	máo	wù	niáng	mào
繁体	妙	眠	矛	霧	娘	茂
注音	ㄇㄧㄠˋ	ㄇㄧㄢˊ	ㄇㄠˊ	ㄨˋ	ㄋㄧㄤˊ	ㄇㄠˋ

	1289	1290	1291	1292	1293	1294
常用	猛	網	黙	紋	躍	雄
音訓	モウ	モウ / あみ	モク / だまる	モン	ヤク / おどる	ユウ / おす
簡体	猛	网	默	纹	跃	雄
拼音	měng	wǎng	mò	wén	yuè	xióng
繁体	猛	網	默	紋	躍	雄
注音	ㄇㄥˇ	ㄨㄤˇ	ㄇㄛˋ	ㄨㄣˊ	ㄩㄝˋ	ㄒㄩㄥˊ

	1295	1296	1297	1298	1299	1300
常用	与	誉	溶	腰	踊	謡
音訓	ヨ あたえる	ヨ ほまれ	ヨウ とける	ヨウ こし	ヨウ おどる	ヨウ うたい
簡体	与	誉	溶	腰	踊	谣
拼音	yǔ	yù	róng	yāo	yǒng	yáo
繁体	與	譽	溶	腰	踊	謠
注音	ㄩˇ	ㄩˋ	ㄖㄨㄥˊ	ㄧㄠ	ㄩㄥˇ	ㄧㄠˊ

	1301	1302	1303	1304	1305	1306
常用	翼	雷	頼	絡	欄	離
音訓	ヨク つばさ	ライ かみなり	ライ たのむ	ラク からむ	ラン	リ はなす
簡体	翼	雷	赖	络	栏	离
拼音	yì	léi	lài	luò	lán	lí
繁体	翼	雷	賴	絡	欄	離
注音	ㄧˋ	ㄌㄟˊ	ㄌㄞˋ	ㄌㄨㄛˋ	ㄌㄢˊ	ㄌㄧˊ

	1307	1308	1309	1310	1311	1312
常用	粒	慮	療	隣	涙	隷
音訓	リュウ つぶ	リョ	リョウ	リン となり	ルイ なみだ	レイ
簡体	粒	虑	疗	邻	泪	隶
拼音	lì	lǜ	liáo	lín	lèi	lì
繁体	粒	慮	療	鄰	淚	隸
注音	ㄌㄧˋ	ㄌㄩˋ	ㄌㄧㄠˊ	ㄌㄧㄣˊ	ㄌㄟˋ	ㄌㄧˋ

	1313	1314	1315	1316	1317	1318
常用	齢	麗	暦	劣	烈	恋
音訓	レイ	レイ うるわしい	レキ こよみ	レツ おとる	レツ	レン こい
簡体	龄	丽	历	劣	烈	恋
拼音	líng	lì	lì	liè	liè	liàn
繁体	齡	麗	曆	劣	烈	戀
注音	ㄌㄧㄥˊ	ㄌㄧˋ	ㄌㄧˋ	ㄌㄧㄝˋ	ㄌㄧㄝˋ	ㄌㄧㄢˋ

	1319	1320	1321	1322
常用	露	郎	惑	腕
音訓	ロ / つゆ	ロウ	ワク / まどう	ワン / うで
簡体	露	郎	惑	腕
拼音	lù	láng	huò	wàn
繁体	露	郎	惑	腕
注音	ㄌㄨˋ	ㄌㄤˊ	ㄏㄨㄛˋ	ㄨㄢˋ

中學 2年級 學的漢字 285

目次

漢字檢定3級

中学校２年配当　285字　漢検３級

	1323	1324	1325	1326	1327	1328
常用	哀	慰	詠	悦	閲	炎
音訓	アイ あわれ	イ なぐさめる	エイ よむ	エツ	エツ	エン ほのお
簡体	哀	慰	咏	悦	阅	炎
拼音	āi	wèi	yǒng	yuè	yuè	yán
繁体	哀	慰	詠	悅	閱	炎
注音	ㄞ	ㄨㄟˋ	ㄩㄥˇ	ㄩㄝˋ	ㄩㄝˋ	ㄧㄢˊ

	1329	1330	1331	1332	1333	1334
常用	宴	欧	殴	乙	卸	穏
音訓	エン	オウ	オウ なぐる	オツ	おろす	オン おだやか
簡体	宴	欧	殴	乙	卸	稳
拼音	yàn	ōu	ōu	yǐ	xiè	wěn
繁体	宴	歐	毆	乙	卸	穩
注音	ㄧㄢˋ	ㄡ	ㄡ	ㄧˇ	ㄒㄧㄝˋ	ㄨㄣˇ

	1335	1336	1337	1338	1339	1340
常用	佳	架	華	嫁	餓	怪
音訓	カ	カ かかる	カ はな	カ よめ	ガ	カイ あやしい
簡体	佳	架	华	嫁	饿	怪
拼音	jiā	jià	huá	jià	è	guài
繁体	佳	架	華	嫁	餓	怪
注音	ㄐㄧㄚ	ㄐㄧㄚˋ	ㄏㄨㄚˊ	ㄐㄧㄚˋ	ㄜˋ	ㄍㄨㄞˋ

	1341	1342	1343	1344	1345	1346
常用	悔	塊	慨	該	概	郭
音訓	カイ くやしい	カイ かたまり	ガイ	ガイ	ガイ	カク
簡体	悔	块	慨	该	概	郭
拼音	huǐ	kuài	kǎi	gāi	gài	guō
繁体	悔	塊	慨	該	概	郭
注音	ㄏㄨㄟˇ	ㄎㄨㄞˋ	ㄎㄞˇ	ㄍㄞ	ㄍㄞˋ	ㄍㄨㄛ

	1347	1348	1349	1350	1351	1352
常用	隔	穫	岳	掛	滑	肝
音訓	カク / へだてる	カク	ガク / たけ	かかる	カツ / すべる	カン / きも
簡体	隔	获	岳	挂	滑	肝
拼音	gé	huò	yuè	guà	huá	gān
繁体	隔	穫	岳	掛	滑	肝
注音	ㄍㄜˊ	ㄏㄨㄛˋ	ㄩㄝˋ	ㄍㄨㄚˋ	ㄏㄨㄚˊ	ㄍㄢ

	1353	1354	1355	1356	1357	1358
常用	冠	勘	貫	喚	換	敢
音訓	カン / かんむり	カン	カン / つらぬく	カン	カン / かわる	カン
簡体	冠	勘	贯	唤	换	敢
拼音	guān	kān	guàn	huàn	huàn	gǎn
繁体	冠	勘	貫	喚	換	敢
注音	ㄍㄨㄢ	ㄎㄢ	ㄍㄨㄢˋ	ㄏㄨㄢˋ	ㄏㄨㄢˋ	ㄍㄢˇ

	1359	1360	1361	1362	1363	1364
常用	緩	企	岐	忌	軌	既
音訓	カン ゆるい	キ くわだてる	キ	キ いまわしい	キ	キ すでに
簡体	缓	企	岐 岐	忌	轨	既
拼音	huǎn	qǐ	qí	jì	guǐ	jì
繁体	緩	企	岐 岐	忌	軌	既
注音	ㄏㄨㄢˇ	ㄑㄧˇ	ㄑㄧˊ	ㄐㄧˋ	ㄍㄨㄟˇ	ㄐㄧˋ

	1365	1366	1367	1368	1369	1370
常用	棋	棄	騎	欺	犠	菊
音訓	キ	キ	キ	ギ あざむく	ギ	キク
簡体	棋	弃	骑	欺	牺	菊
拼音	qí	qì	qí	qī	xī	jú
繁体	棋	棄	騎	欺	犧	菊
注音	ㄑㄧˊ	ㄑㄧˋ	ㄑㄧˊ	ㄑㄧ	ㄒㄧ	ㄐㄩˊ

	1371	1372	1373	1374	1375	1376
常用	吉	喫	虐	虚	峡	脅
音訓	キチ よし	キツ	ギャク しいたげる	キョ	キョウ	キョウ おどす
簡体	吉	吃	虐	虚	峡	胁
拼音	jí	chī	nüè	xū	xiá	xié
繁体	吉	喫	虐	虛	峽	脅
注音	ㄐㄧˊ	ㄔ	ㄋㄩㄝˋ	ㄒㄩ	ㄒㄧㄚˊ	ㄒㄧㄝˊ

	1377	1378	1379	1380	1381	1382
常用	凝	斤	緊	愚	偶	遇
音訓	ギョウ こる	キン	キン	グ おろか	グウ	グウ
簡体	凝	斤	紧	愚	偶	遇
拼音	níng	jīn	jǐn	yú	ǒu	yù
繁体	凝	斤	緊	愚	偶	遇
注音	ㄋㄧㄥˊ	ㄐㄧㄣ	ㄐㄧㄣˇ	ㄩˊ	ㄡˇ	ㄩˋ

	1383	1384	1385	1386	1387	1388
常用	刑	契	啓	掲	携	憩
音訓	ケイ	ケイ / ちぎる	ケイ	ケイ / かかげる	ケイ / たずさえる	ケイ / いこい
簡体	刑	契	启	揭	携	息
拼音	xīng	qì	qǐ	jiē	xié	xī
繁体	刑	契	啟	揭	攜	息
注音	ㄒㄧㄥˊ	ㄑㄧˋ	ㄑㄧˇ	ㄐㄧㄝ	ㄒㄧ	ㄒㄧˊ

	1389	1390	1391	1392	1393	1394
常用	鶏	鯨	倹	賢	幻	孤
音訓	ケイ / にわとり	ゲイ / くじら	ケン	ケン / かしこい	ゲン / まぼろし	コ
簡体	鸡	鲸	俭	贤	幻	孤
拼音	jī	jīng	jiǎn	xián	huàn	gū
繁体	雞	鯨	儉	賢	幻	孤
注音	ㄐㄧ	ㄐㄧㄥ	ㄐㄧㄢˇ	ㄒㄧㄢˊ	ㄏㄨㄢˋ	ㄍㄨ

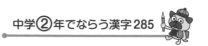

	1395	1396	1397	1398	1399	1400
常用	弧	雇	顧	娯	悟	孔
音訓	コ	コ / やとう	コ / かえりみる	ゴ	ゴ / さとる	コウ
簡体	弧	雇	顾	娱	悟	孔
拼音	hū	gù	gù	yú	wù	kǒng
繁体	弧	雇	顧	娛	悟	孔
注音	ㄏㄨˊ	ㄍㄨˋ	ㄍㄨˋ	ㄩˊ	ㄨˋ	ㄎㄨㄥˇ

	1401	1402	1403	1404	1405	1406
常用	巧	甲	坑	拘	郊	控
音訓	コウ / たくみ	コウ	コウ	コウ	コウ	コウ / ひかえる
簡体	巧	甲	坑	拘	郊	控
拼音	qiǎo	jiǎ	kēng	jū	jiāo	kòng
繁体	巧	甲	坑	拘	郊	控
注音	ㄑㄧㄠˇ	ㄐㄧㄚˇ	ㄎㄥ	ㄐㄩ	ㄐㄧㄠ	ㄎㄨㄥˋ

	1407	1408	1409	1410	1411	1412
常用	慌	硬	絞	綱	酵	克
音訓	コウ あわてる	コウ かたい	コウ しぼる	コウ つな	コウ	コク
簡体	慌	硬	绞	纲	酵	克
拼音	huāng	yìng	jiǎo	gāng	jiào	kè
繁体	慌	硬	絞	綱	酵	克
注音	ㄏㄨㄤ	ㄧㄥˋ	ㄐㄧㄠˇ	ㄍㄤ	ㄐㄧㄠˋ	ㄎㄜˋ

	1413	1414	1415	1416	1417	1418
常用	獄	恨	紺	魂	墾	債
音訓	ゴク	コン うらむ	コン	コン たましい	コン	サイ
簡体	狱	恨	绀	魂	垦	债
拼音	yù	hèn	gàn	hún	kěn	zhài
繁体	獄	恨	紺	魂	墾	債
注音	ㄩˋ	ㄏㄣˋ	ㄍㄢˋ	ㄏㄨㄣˊ	ㄎㄣˇ	ㄓㄞˋ

中学②年
漢検3級

	1419	1420	1421	1422	1423	1424
常用	催	削	搾	錯	撮	擦
音訓	サイ もよおす	サク けずる	サク しぼる	サク	サツ とる	サツ する
簡体	催	削	榨	错	撮	擦
拼音	cuī	xiāo	zhà	cuò	cuō	cā
繁体	催	削	搾	錯	撮	擦
注音	ㄘㄨㄟ	ㄒㄧㄠ	ㄓㄚˋ	ㄘㄨㄛˋ	ㄘㄨㄛ	ㄘㄚ

	1425	1426	1427	1428	1429	1430
常用	暫	祉	施	諮	侍	慈
音訓	ザン	シ	シ ほどこす	シ はかる	ジ さむらい	ジ いつくしむ
簡体	暂	祉	施	谘	侍	慈
拼音	zàn	zhǐ	shī	zī	shì	cí
繁体	暫	祉	施	諮	侍	慈
注音	ㄗㄢˋ	ㄓˇ	ㄕ	ㄗ	ㄕˋ	ㄘˊ

	1431	1432	1433	1434	1435	1436
常用	軸	疾	湿	赦	邪	殊
音訓	ジク	シツ	シツ しめる	シャ	ジャ	シュ こと
簡体	轴	疾	湿	赦	邪	殊
拼音	zhōu	jí	shī	shè	xié	shū
繁体	軸	疾	濕	赦	邪	殊
注音	ㄓㄡˊ	ㄐㄧˊ	ㄕ	ㄕㄜˋ	ㄒㄧㄝˊ	ㄕㄨ

	1437	1438	1439	1440	1441	1442
常用	寿	潤	遵	如	徐	匠
音訓	ジュ ことぶき	ジュン うるおう	ジュン	ジョ	ジョ	ショウ
簡体	寿	润	遵	如	徐	匠
拼音	shòu	rùn	zūn	rú	xú	jiàng
繁体	壽	潤	遵	如	徐	匠
注音	ㄕㄡˋ	ㄖㄨㄣˋ	ㄗㄨㄣ	ㄖㄨˊ	ㄒㄩˊ	ㄐㄧㄤˋ

	1443	1444	1445	1446	1447	1448
常用	昇	掌	晶	焦	衝	鐘
音訓	ショウ / のぼる	ショウ	ショウ	ショウ / こがす	ショウ	ショウ / かね
簡体	升	掌	晶	焦	冲	钟
拼音	shēng	zhǎng	jīng	jiāo	chōng	zhōng
繁体	昇	掌	晶	焦	衝	鐘
注音	ㄕㄥ	ㄓㄤˇ	ㄐㄧㄥ	ㄐㄧㄠ	ㄔㄨㄥ	ㄓㄨㄥ

	1449	1450	1451	1452	1453	1454
常用	冗	嬢	錠	譲	嘱	辱
音訓	ジョウ	ジョウ	ジョウ	ジョウ / ゆずる	ショク	ジョク / はずかしめる
簡体	冗	娘	锭	让	嘱	辱
拼音	rǒng	niáng	dìng	ràng	zhǔ	rǔ
繁体	冗	孃	錠	讓	囑	辱
注音	ㄖㄨㄥˇ	ㄋㄧㄤˊ	ㄉㄧㄥˋ	ㄖㄤˋ	ㄓㄨˇ	ㄖㄨˇ

	1455	1456	1457	1458	1459	1460
常用	伸	辛	審	炊	粋	衰
音訓	シン のびる	シン からい	シン	スイ たく	スイ いき	スイ おとろえる
簡体	伸	辛	审	炊	粹	衰
拼音	shēn	xīn	shěn	chuī	cuì	shuāi
繁体	伸	辛	審	炊	粹	衰
注音	ㄕㄣ	ㄒㄧㄣ	ㄕㄣˇ	ㄔㄨㄟ	ㄘㄨㄟˋ	ㄕㄨㄞ

	1461	1462	1463	1464	1465	1466
常用	酔	遂	穂	随	髄	瀬
音訓	スイ よう	スイ とげる	スイ ほ	ズイ	ズイ	せ
簡体	醉	遂	穗	随	髓	濑
拼音	zuì	suì	suì	suí	suǐ	lài
繁体	醉	遂	穗	隨	髓	瀨
注音	ㄗㄨㄟˋ	ㄙㄨㄟˋ	ㄙㄨㄟˋ	ㄙㄨㄟˊ	ㄙㄨㄟˇ	ㄌㄞˋ

	1467	1468	1469	1470	1471	1472
常用	牲	婿	請	斥	隻	惜
音訓	セイ	セイ むこ	セイ うける	セキ	セキ	セキ おしい
簡体	牲	婿	请	斥	只	惜
拼音	shēng	xù	qǐng	chì	zhī	xī
繁体	牲	婿	請	斥	隻	惜
注音	ㄕㄥ	ㄒㄩˋ	ㄑㄧㄥˇ	ㄔˋ	ㄓ	ㄒㄧˊ

	1473	1474	1475	1476	1477	1478
常用	籍	摂	潜	繕	阻	措
音訓	セキ	セツ	セン ひそむ	ゼン つくろう	ソ はばむ	ソ
簡体	籍	摄	潜	缮	阻	措
拼音	jī	shè	qián	shàn	zǔ	cuò
繁体	籍	攝	潛	繕	阻	措
注音	ㄐㄧˊ	ㄕㄜˋ	ㄑㄧㄢˊ	ㄕㄢˋ	ㄗㄨˇ	ㄘㄨㄛˋ

	1479	1480	1481	1482	1483	1484
常用	粗	礎	双	桑	掃	葬
音訓	ソ / あらい	ソ / いしずえ	ソウ / ふた	ソウ / くわ	ソウ / はく	ソウ / ほうむる
簡体	粗	础	双	桑	扫	葬
拼音	cū	chǔ	shuāng	sāng	sǎo	zàng
繁体	粗	礎	雙	桑	掃	葬
注音	ㄘㄨ	ㄔㄨˇ	ㄕㄨㄤ	ㄙㄤ	ㄙㄠˇ	ㄗㄤˋ

	1485	1486	1487	1488	1489	1490
常用	遭	憎	促	賊	怠	胎
音訓	ソウ / あう	ゾウ / にくむ	ソク / うながす	ゾク	タイ / おこたる	タイ
簡体	遭	憎	促	贼	怠	胎
拼音	zāo	zēng	cù	zéi	dài	tāi
繁体	遭	憎	促	賊	怠	胎
注音	ㄗㄠ	ㄗㄥ	ㄘㄨˋ	ㄗㄟˊ	ㄉㄞˋ	ㄊㄞ

	1491	1492	1493	1494	1495	1496
常用	袋	逮	滞	滝	択	卓
音訓	タイ ふくろ	タイ	タイ とどこおる	たき	タク	タク
簡体	袋	逮	滞	泷	择	卓
拼音	dāi	dāi	zhī	lōng	zē	zhuō
繁体	袋	逮	滯	瀧	擇	卓
注音	ㄉㄞˋ	ㄉㄞˋ	ㄓˋ	ㄌㄨㄥˊ	ㄗㄜˊ	ㄓㄨㄛˊ

	1497	1498	1499	1500	1501	1502
常用	託	諾	奪	胆	鍛	壇
音訓	タク	ダク	ダク うばう	タン	タン きたえる	ダン
簡体	托	诺	夺	胆	锻	坛
拼音	tuō	nuò	duō	dǎn	duàn	tān
繁体	託	諾	奪	膽	鍛	壇
注音	ㄊㄨㄛ	ㄋㄨㄛˋ	ㄉㄨㄛˊ	ㄉㄢˇ	ㄉㄨㄢˋ	ㄊㄢˊ

	1503	1504	1505	1506	1507	1508
常用	稚	畜	窒	抽	鋳	駐
音訓	チ	チク	チツ	チュウ	チュウ いる	チュウ
簡体	稚	畜	窒	抽	铸	驻
拼音	zhī	chù	zhì	chōu	zhù	zhù
繁体	稚	畜	窒	抽	鑄	駐
注音	ㄓˋ	ㄔㄨˋ	ㄓˋ	ㄔㄡ	ㄓㄨˋ	ㄓㄨˋ

	1509	1510	1511	1512	1513	1514
常用	彫	超	聴	陳	鎮	墜
音訓	チョウ ほる	チョウ こえる	チョウ きく	チン	チン しずまる	ツイ
簡体	雕	超	听	陈	镇	坠
拼音	diāo	chāo	tīng	chén	zhèn	zhuì
繁体	雕	超	聽	陳	鎮	墜
注音	ㄉㄧㄠ	ㄔㄠ	ㄊㄧㄥ	ㄔㄣˊ	ㄓㄣˋ	ㄓㄨㄟˋ

	1515	1516	1517	1518	1519	1520
常用	帝	訂	締	哲	斗	塗
音訓	テイ	テイ	テイ / しまる	テツ	ト	ト / ぬる
簡体	帝	订	缔	哲	斗	涂
拼音	dì	dìng	dì	zhé	dǒu	tú
繁体	帝	訂	締	哲	斗	塗
注音	ㄉㄧˋ	ㄉㄧㄥˋ	ㄉㄧˋ	ㄓㄜˊ	ㄉㄡˇ	ㄊㄨˊ

	1521	1522	1523	1524	1525	1526
常用	凍	陶	痘	匿	篤	豚
音訓	トウ / こおる	トウ	トウ	トク	トク	トン / ぶた
簡体	冻	陶	痘	匿	笃	豚
拼音	dòng	táo	dòu	nì	dǔ	tún
繁体	凍	陶	痘	匿	篤	豚
注音	ㄉㄨㄥˋ	ㄊㄠˊ	ㄉㄡˋ	ㄋㄧˋ	ㄉㄨˇ	ㄊㄨㄣˊ

	1527	1528	1529	1530	1531	1532
常用	尿	粘	婆	排	陪	縛
音訓	ニョウ	ネン / ねばる	バ	ハイ	バイ	バク / しばる
簡体	尿	粘	婆	排	陪	缚
拼音	niào	nián	pó	pái	péi	fù
繁体	尿	粘	婆	排	陪	縛
注音	ㄋㄧㄠˋ	ㄋㄧㄢˊ	ㄆㄛˊ	ㄆㄞˊ	ㄆㄟˊ	ㄈㄨˋ

	1533	1534	1535	1536	1537	1538
常用	伐	帆	伴	畔	藩	蛮
音訓	バツ	ハン / ほ	ハン / ともなう	ハン	ハン	バン
簡体	伐	帆	伴	畔	藩	蛮
拼音	fá	fān	bàn	pàn	fān	mán
繁体	伐	帆	伴	畔	藩	蠻
注音	ㄈㄚˊ	ㄈㄢˊ	ㄅㄢˋ	ㄆㄢˋ	ㄈㄢˊ	ㄇㄢˊ

	1539	1540	1541	1542	1543	1544
常用	卑	碑	泌	姫	漂	苗
音訓	ヒ いやしい	ヒ	ヒツ	ひめ	ヒョウ ただよう	ビョウ なえ
簡体	卑	碑	泌	姬	漂	苗
拼音	bēi	bēi	mì	jī	piāo	miáo
繁体	卑	碑	泌	姬	漂	苗
注音	ㄅㄟ	ㄅㄟ	ㄇㄧˋ	ㄐㄧ	ㄆㄧㄠ	ㄇㄧㄠˊ

	1545	1546	1547	1548	1549	1550
常用	赴	符	封	伏	覆	紛
音訓	フ おもむく	フ	フウ	フク ふせる	フク おおう	フン まぎれる
簡体	赴	符	封	伏	覆	纷
拼音	fù	fú	fēng	fú	fù	fēn
繁体	赴	符	封	伏	覆	紛
注音	ㄈㄨˋ	ㄈㄨˊ	ㄈㄥ	ㄈㄨˊ	ㄈㄨˋ	ㄈㄣ

	1551	1552	1553	1554	1555	1556
常用	墳	癖	募	慕	簿	芳
音訓	フン	ヘキ / くせ	ボ / つのる	ボ / したう	ボ	ホウ / かんばしい
簡体	坟	癖	募	慕	簿	芳
拼音	fén	pǐ	mù	mù	bù	fāng
繁体	墳	癖	募	慕	簿	芳
注音	ㄈㄣˊ	ㄆㄧˇ	ㄇㄨˋ	ㄇㄨˋ	ㄅㄨˋ	ㄈㄤ

	1557	1558	1559	1560	1561	1562
常用	邦	奉	胞	倣	崩	飽
音訓	ホウ	ホウ / たてまつる	ホウ	ホウ / ならう	ホウ / くずす	ホウ / あきる
簡体	邦	奉	胞	仿	崩	饱
拼音	bāng	fèng	bāo	fǎng	bēng	bǎo
繁体	邦	奉	胞	仿	崩	飽
注音	ㄅㄤ	ㄈㄥˋ	ㄅㄠ	ㄈㄤˇ	ㄅㄥ	ㄅㄠˇ

	1563	1564	1565	1566	1567	1568
常用	縫	乏	妨	房	某	膨
音訓	ホウ ぬう	ボウ とぼしい	ボウ さまたげる	ボウ ふさ	ボウ	ボウ ふくらむ
簡体	缝	乏	妨	房	某	膨
拼音	féng	fá	fáng	fáng	mǒu	péng
繁体	縫	乏	妨	房	某	膨
注音	ㄈㄥˊ	ㄈㄚˊ	ㄈㄤˊ	ㄈㄤˊ	ㄇㄡˇ	ㄆㄥˊ

	1569	1570	1571	1572	1573	1574
常用	謀	墨	没	翻	魔	埋
音訓	ボウ はかる	ボク すみ	ボツ	ホン ひるがえる	マ	マイ うまる
簡体	谋	墨	没	翻	魔	埋
拼音	móu	mò	mò	fān	mó	mái
繁体	謀	墨	沒	翻	魔	埋
注音	ㄇㄡˊ	ㄇㄛˋ	ㄇㄛˋ	ㄈㄢ	ㄇㄛˊ	ㄇㄞˊ

	1575	1576	1577	1578	1579	1580
常用	膜	又	魅	滅	免	幽
音訓	マク	また	ミ	メツ ほろびる	メン まぬがれる	ユウ
簡体	膜	又	魅	灭	免	幽
拼音	mó	yòu	mèi	miè	miǎn	yōu
繁体	膜	又	魅	滅	免	幽
注音	ㄇㄛˊ	ㄧㄡˋ	ㄇㄟˋ	ㄇㄧㄝˋ	ㄇㄧㄢˇ	ㄧㄡ

	1581	1582	1583	1584	1585	1586
常用	誘	憂	揚	揺	擁	抑
音訓	ユウ さそう	ユウ うれい	ヨウ あげる	ヨウ ゆれる	ヨウ	ヨク おさえる
簡体	诱	忧	扬	摇	拥	抑
拼音	yòu	yōu	yáng	yáo	yōng	yì
繁体	誘	憂	揚	搖	擁	抑
注音	ㄧㄡˋ	ㄧㄡ	ㄧㄤˊ	ㄧㄠˊ	ㄩㄥˇ	ㄧˋ

中学2年
漢検3級

	1587	1588	1589	1590	1591	1592
常用	裸	濫	吏	隆	了	猟
音訓	ラ はだか	ラン	リ	リュウ	リョウ	リョウ
簡体	裸	滥	吏	隆	了	猎
拼音	luǒ	làn	lì	lóng	liǎo	liè
繁体	裸	濫	吏	隆	了	獵
注音	ㄌㄨㄛˇ	ㄌㄢˋ	ㄌㄧˋ	ㄌㄨㄥˊ	ㄌㄧㄠˇ	ㄌㄧㄝˋ

	1593	1594	1595	1596	1597	1598
常用	陵	糧	厘	励	零	霊
音訓	リョウ みささぎ	リョウ かて	リン	レイ はげむ	レイ	レイ たま
簡体	陵	粮	厘	励	零	灵
拼音	líng	liáng	lí	lì	líng	líng
繁体	陵	糧	厘	勵	零	靈
注音	ㄌㄧㄥˊ	ㄌㄧㄤˊ	ㄌㄧˊ	ㄌㄧˋ	ㄌㄧㄥˊ	ㄌㄧㄥˊ

	1599	1600	1601	1602	1603	1604
常用	裂	廉	錬	炉	浪	廊
音訓	レツ さく	レン	レン	ロ	ロウ	ロウ
簡体	裂	廉	炼	炉	浪	廊
拼音	liè	lián	liàn	lú	làng	láng
繁体	裂	廉	鍊	爐	浪	廊
注音	ㄌㄧㄝˋ	ㄌㄧㄢˊ	ㄌㄧㄢˋ	ㄌㄨˊ	ㄌㄤˋ	ㄌㄤˊ

	1605	1606	1607
常用	楼	漏	湾
音訓	ロウ	ロウ もる	ワン
簡体	楼	漏	湾
拼音	lóu	lòu	wān
繁体	樓	漏	灣
注音	ㄌㄡˊ	ㄌㄡˋ	ㄨㄢ

MEMO

中學 3年級 學的漢字 333

目次

漢字検定準2級

中学校３年配当　333字　漢検準２級

	1608	1609	1610	1611	1612	1613
常用	亜	尉	逸	姻	韻	疫
音訓	ア	イ	イツ	イン	イン	エキ
簡体	亚	尉	逸	姻	韵	疫
拼音	yà	wèi	yì	yīn	yùn	yì
繁体	亞	尉	逸	姻	韻	疫
注音	ㄧㄚˋ	ㄨㄟˋ	ㄧˋ	ㄧㄣ	ㄩㄣˋ	ㄧˋ

	1614	1615	1616	1617	1618	1619
常用	謁	猿	凹	翁	虞	渦
音訓	エツ	さる / エン	オウ	オウ	おそれ	うず / カ
簡体	谒	猿	凹	翁	虞	涡
拼音	yè	yuán	āo	wēng	yú	wō
繁体	謁	猿	凹	翁	虞	渦
注音	ㄧㄝˋ	ㄩㄢˊ	ㄠ	ㄨㄥ	ㄩˊ	ㄨㄛ

	1620	1621	1622	1623	1624	1625
常用	禍	靴	寡	稼	蚊	拐
音訓	カ	カ くつ	カ	カ かせぐ	か	カイ
簡体	祸	靴	寡	稼	蚊	拐
拼音	huò	xuē	guǎ	jià	wén	guǎi
繁体	禍	靴	寡	稼	蚊	拐
注音	ㄏㄨㄛˋ	ㄒㄩㄝ	ㄍㄨㄚˇ	ㄐㄧㄚˋ	ㄨㄣˊ	ㄍㄨㄞˇ

	1626	1627	1628	1629	1630	1631
常用	懐	劾	涯	垣	核	殻
音訓	カイ ふところ	ガイ	ガイ	かき	カク	カク から
簡体	怀	劾	涯	垣	核	壳
拼音	huái	hé	yá	yuán	hé	ké
繁体	懷	劾	涯	垣	核	殼
注音	ㄏㄨㄞˊ	ㄏㄜˊ	ㄧㄚˊ	ㄩㄢˊ	ㄏㄜˊ	ㄎㄜˊ

	1632	1633	1634	1635	1636	1637
常用	嚇	潟	括	喝	渇	褐
音訓	カク	がた	カツ	カツ	カツ / かわく	カツ
簡体	吓	潟	括	喝	渴	褐
拼音	xià	xì	kuò	hē	kě	hè
繁体	嚇	潟	括	喝	渴	褐
注音	ㄒㄧㄚˋ	ㄒㄧˋ	ㄎㄨㄛˋ	ㄏㄜ	ㄎㄜˇ	ㄏㄜˊ

	1638	1639	1640	1641	1642	1643
常用	轄	且	缶	陥	患	堪
音訓	カツ	かつ	カン	カン / おちいる	カン / わずらう	カン / たえる
簡体	辖	且	罐	陷	患	堪
拼音	xiá	qiě	guàn	xiàn	huàn	kān
繁体	轄	且	罐	陷	患	堪
注音	ㄒㄧㄚˊ	ㄑㄧㄝˇ	ㄍㄨㄢˋ	ㄒㄧㄢˋ	ㄏㄨㄢˋ	ㄎㄢ

	1644	1645	1646	1647	1648	1649
常用	棺	款	閑	寛	憾	還
音訓	カン	カン	カン	カン	カン	カン
簡体	棺	款	闲	宽	憾	还
拼音	guān	kuǎn	xián	kuān	hàn	hái
繁体	棺	款	閒	寬	憾	還
注音	ㄍㄨㄢ	ㄎㄨㄢˇ	ㄒㄧㄢˊ	ㄎㄨㄢ	ㄏㄢˋ	ㄏㄞˊ

	1650	1651	1652	1653	1654	1655
常用	艦	頑	飢	宜	偽	擬
音訓	カン	ガン	キ うえる	ギ	ギ いつわる	ギ
簡体	舰	顽	饥	宜	伪	拟
拼音	jiàn	wán	jī	yí	wěi	nǐ
繁体	艦	頑	飢	宜	偽	擬
注音	ㄐㄧㄢˋ	ㄨㄢˊ	ㄐㄧ	ㄧˊ	ㄨㄟˋ	ㄋㄧˇ

	1656	1657	1658	1659	1660	1661
常用	糾	窮	拒	享	挟	恭
音訓	キュウ	キュウ きわめる	キョ こばむ	キョウ	キョウ はさむ	キョウ うやうやしい
簡体	纠	穷	拒	享	挟	恭
拼音	jiū	qióng	jù	xiǎng	xié	gōng
繁体	糾	窮	拒	享	挾	恭
注音	ㄐㄧㄡ	ㄑㄩㄥˊ	ㄐㄩˋ	ㄒㄧㄤˇ	ㄒㄧㄝˊ	ㄍㄨㄥ

	1662	1663	1664	1665	1666	1667
常用	矯	暁	菌	琴	謹	襟
音訓	キョウ ためる	ギョウ あかつき	キン	キン こと	キン つつしむ	キン えり
簡体	矫	晓	菌	琴	谨	襟
拼音	jiǎo	xiǎo	jùn	qín	jǐn	jīn
繁体	矯	曉	菌	琴	謹	襟
注音	ㄐㄧㄠˇ	ㄒㄧㄠˇ	ㄐㄩㄣˋ	ㄑㄧㄣˊ	ㄐㄧㄣˇ	ㄐㄧㄣ

	1668	1669	1670	1671	1672	1673
常用	吟	隅	勲	薫	茎	渓
音訓	ギン	グウ すみ	クン	クン かおる	ケイ くき	ケイ
簡体	吟	隅	勋	薰	茎	溪
拼音	yín	yú	xūn	xūn	jīng	xī
繁体	吟	隅	勳	薰	莖	溪
注音	ㄧㄣˊ	ㄩˊ	ㄒㄩㄣ	ㄒㄩㄣ	ㄐㄧㄥ	ㄒㄧ

	1674	1675	1676	1677	1678	1679
常用	蛍	慶	傑	嫌	献	謙
音訓	ケイ ほたる	ケイ	ケツ	ケン きらう	ケン	ケン
簡体	萤	庆	杰	嫌	献	谦
拼音	yíng	qìng	jié	xián	xiàn	qiān
繁体	螢	慶	傑	嫌	獻	謙
注音	ㄧㄥˊ	ㄑㄧㄥˋ	ㄐㄧㄝˊ	ㄒㄧㄢˊ	ㄒㄧㄢˋ	ㄑㄧㄢ

中学3年
漢検準2級

	1680	1681	1682	1683	1684	1685
常用	繭	顕	懸	弦	呉	碁
音訓	ケン / まゆ	ケン	ケン / かける	ゲン / つる	ゴ	ゴ
簡体	茧	显	悬	弦	吴	棋
拼音	jiǎn	xiǎn	xuán	xián	wú	qí
繁体	繭	顯	懸	弦	吳	棋
注音	ㄐㄧㄢˇ	ㄒㄧㄢˇ	ㄒㄩㄢˊ	ㄒㄧㄢˊ	ㄨˊ	ㄑㄧˊ

	1686	1687	1688	1689	1690	1691
常用	江	肯	侯	洪	貢	溝
音訓	コウ / え	コウ	コウ	コウ	コウ / みつぐ	コウ / みぞ
簡体	江	肯	侯	洪	贡	沟
拼音	jiāng	kěn	hóu	hóng	gòng	gōu
繁体	江	肯	侯	洪	貢	溝
注音	ㄐㄧㄤ	ㄎㄣˇ	ㄏㄡˊ	ㄏㄨㄥˊ	ㄍㄨㄥˋ	ㄍㄡ

	1692	1693	1694	1695	1696	1697
常用	衡	購	拷	剛	酷	昆
音訓	コウ	コウ	ゴウ	ゴウ	コク	コン
簡体	衡	购	拷	刚	酷	昆
拼音	héng	gòu	kǎo	gāng	kù	kūn
繁体	衡	購	拷	剛	酷	昆
注音	ㄏㄥˊ	ㄍㄡˋ	ㄎㄠˇ	ㄍㄤ	ㄎㄨˋ	ㄎㄨㄣ

	1698	1699	1700	1701	1702	1703
常用	懇	佐	唆	詐	砕	宰
音訓	コン / ねんごろ	サ	サ / そそのかす	サ	サク / くだく	サイ
簡体	恳	佐	唆	诈	碎	宰
拼音	kěn	zuǒ	suō	zhà	suì	zǎi
繁体	懇	佐	唆	詐	碎	宰
注音	ㄎㄣˇ	ㄗㄨㄛˇ	ㄙㄨㄛ	ㄓㄚˋ	ㄙㄨㄟˋ	ㄗㄞˇ

	1704	1705	1706	1707	1708	1709
常用	栽	斎	崎	索	酢	桟
音訓	サイ	サイ	さき	サク	サク / す	サン
簡体	栽	斋	崎	索	醋	栈
拼音	zāi	zhāi	qí	suǒ	cù	zhàn
繁体	栽	齋	崎	索	醋	棧
注音	ㄗㄞ	ㄓㄞ	ㄑㄧˊ	ㄙㄨㄛˇ	ㄘㄨˋ	ㄓㄢˋ

	1710	1711	1712	1713	1714	1715
常用	傘	肢	嗣	賜	滋	璽
音訓	サン / かさ	シ	シ	シ / たまわる	ジ	ジ
簡体	伞	肢	嗣	赐	滋	玺
拼音	sǎn	zhī	sì	cì	zī	xǐ
繁体	傘	肢	嗣	賜	滋	璽
注音	ㄙㄢˇ	ㄓ	ㄙˋ	ㄘˋ	ㄗ	ㄒㄧˇ

	1716	1717	1718	1719	1720	1721
常用	漆	遮	蛇	酌	爵	珠
音訓	シツ / うるし	シャ / さえぎる	ダ / へび	シャク / くむ	シャク	シュ
簡体	漆	遮	蛇	酌	爵	珠
拼音	qī	zhē	shé	zhuó	jué	zhū
繁体	漆	遮	蛇	酌	爵	珠
注音	ㄑㄧ	ㄓㄜ	ㄕㄜˊ	ㄓㄨㄛˊ	ㄐㄩㄝˊ	ㄓㄨ

	1722	1723	1724	1725	1726	1727
常用	儒	囚	臭	愁	酬	醜
音訓	ジュ	シュウ	シュウ / くさい	シュウ / うれい	シュウ	シュウ / みにくい
簡体	儒	囚	臭	愁	酬	丑
拼音	rú	qiú	chòu	chóu	chóu	chǒu
繁体	儒	囚	臭	愁	酬	醜
注音	ㄖㄨˊ	ㄑㄧㄡˊ	ㄔㄡˋ	ㄔㄡˊ	ㄔㄡˊ	ㄔㄡˇ

	1728	1729	1730	1731	1732	1733
常用	汁	充	渋	銃	叔	淑
音訓	ジュウ / しる	ジュウ / あてる	ジュウ / しぶる	ジュウ	シュク	シュク
簡体	汁	充	涩	铳	叔	淑
拼音	zhī	chōng	sè	chòng	shū	shū
繁体	汁	充	澀	銃	叔	淑
注音	ㄓ	ㄔㄨㄥ	ㄙㄜˋ	ㄔㄨㄥˋ	ㄕㄨˊ	ㄕㄨˊ

	1734	1735	1736	1737	1738	1739
常用	粛	塾	俊	准	殉	循
音訓	シュク	ジュク	シュン	ジュン	ジュン	ジュン
簡体	肃	塾	俊	准	殉	循
拼音	sù	shú	jùn	zhǔn	xùn	xún
繁体	肅	塾	俊	准	殉	循
注音	ㄙㄨˋ	ㄕㄨˊ	ㄐㄩㄣˋ	ㄓㄨㄣˇ	ㄒㄩㄣˋ	ㄒㄩㄣˊ

	1740	1741	1742	1743	1744	1745
常用	庶	緒	叙	升	抄	肖
音訓	ショ	ショ / お	ジョ	ショウ / ます	ショウ	ショウ
簡体	庶	绪	叙	升	抄	肖
拼音	shù	xù	xù	shēng	chāo	xiāo
繁体	庶	緒	敘	升	抄	肖
注音	ㄕㄨˋ	ㄒㄩˋ	ㄒㄩˋ	ㄕㄥ	ㄔㄠ	ㄒㄧㄠ

	1746	1747	1748	1749	1750	1751
常用	尚	宵	症	祥	渉	訟
音訓	ショウ	ショウ / よい	ショウ	ショウ	ショウ	ショウ
簡体	尚	宵	症	祥	涉	讼
拼音	shàng	xiāo	zhèng	xiáng	shè	sòng
繁体	尚	宵	症	祥	涉	訟
注音	ㄕㄤˋ	ㄒㄧㄠ	ㄓㄥˋ	ㄒㄧㄤˊ	ㄕㄜˋ	ㄙㄨㄥˋ

	1752	1753	1754	1755	1756	1757
常用	硝	粧	詔	奨	彰	償
音訓	ショウ	ショウ	ショウ みことのり	ショウ	ショウ	ショウ つぐなう
簡体	硝	妆	诏	奖	彰	偿
拼音	xiāo	zhuāng	zhào	jiǎng	zhāng	cháng
繁体	硝	妝	詔	獎	彰	償
注音	ㄒㄧㄠ	ㄓㄨㄤ	ㄓㄠˋ	ㄐㄧㄤˇ	ㄓㄤ	ㄔㄤˊ

	1758	1759	1760	1761	1762	1763
常用	礁	浄	剰	縄	壌	醸
音訓	ショウ	ジョウ	ジョウ	ジョウ なわ	ジョウ	ジョウ かもす
簡体	礁	净	剩	绳	壤	酿
拼音	jiāo	jìng	shèng	shéng	rǎng	niàng
繁体	礁	淨	剩	繩	壤	釀
注音	ㄐㄧㄠ	ㄐㄧㄥˋ	ㄕㄥˋ	ㄕㄥˊ	ㄖㄤˇ	ㄋㄧㄤˋ

	1764	1765	1766	1767	1768	1769
常用	津	唇	娠	紳	診	刃
音訓	シン / つ	シン / くちびる	シン	シン	シン / みる	ジン / は
簡体	津	唇	娠	绅	诊	刃
拼音	jīn	chún	shēn	shēn	zhěn	rèn
繁体	津	唇	娠	紳	診	刃
注音	ㄐㄧㄣ	ㄔㄨㄣˊ	ㄕㄣ	ㄕㄣ	ㄓㄣˇ	ㄖㄣˋ

	1770	1771	1772	1773	1774	1775
常用	迅	甚	帥	睡	枢	崇
音訓	ジン	ジン / はなはだ	スイ	スイ	スウ	スウ
簡体	迅	甚	帅	睡	枢	崇
拼音	xùn	shèn	shuài	shuì	shū	chóng
繁体	迅	甚	帥	睡	樞	崇
注音	ㄒㄩㄣˋ	ㄕㄣˋ	ㄕㄨㄞˋ	ㄕㄨㄟˋ	ㄕㄨ	ㄔㄨㄥˊ

	1776	1777	1778	1779	1780	1781
常用	据	杉	畝	斉	逝	誓
音訓	すわる	すぎ	うね	セイ	セイ いく	セイ ちかう
簡体	据	杉	亩	齐	逝	誓
拼音	jū	shān	mǔ	qí	shì	shì
繁体	據	杉	畝	齊	逝	誓
注音	ㄐㄩˋ	ㄕㄢ	ㄇㄨˇ	ㄑㄧˊ	ㄕˋ	ㄕˋ

	1782	1783	1784	1785	1786	1787
常用	析	拙	窃	仙	栓	旋
音訓	セキ	セツ つたない	セツ	セン	セン	セン
簡体	析	拙	窃	仙	栓	旋
拼音	xī	zhuō	qiè	xiān	shuān	xuán
繁体	析	拙	竊	仙	栓	旋
注音	ㄒㄧ	ㄓㄨㄛ	ㄑㄧㄝˋ	ㄒㄧㄢ	ㄕㄨㄢ	ㄒㄩㄢˊ

	1788	1789	1790	1791	1792	1793
常用	践	遷	薦	繊	禅	漸
音訓	セン	セン	セン すすめる	セン	ゼン	ゼン
簡体	践	迁	荐	纤	禅	渐
拼音	jiàn	qiān	jiàn	xiān	chán	jiàn
繁体	踐	遷	薦	纖	禪	漸
注音	ㄐㄧㄢˋ	ㄑㄧㄢ	ㄐㄧㄢˋ	ㄒㄧㄢ	ㄔㄢˊ	ㄐㄧㄢˋ

	1794	1795	1796	1797	1798	1799
常用	租	疎	塑	壮	荘	捜
音訓	ソ	ソ うとい	ソ	ソウ	ソウ	ソウ さがす
簡体	租	疏	塑	壮	庄	搜
拼音	zū	shū	sù	zhuàng	zhuāng	sōu
繁体	租	疏	塑	壯	莊	搜
注音	ㄗㄨ	ㄕㄨ	ㄙㄨˋ	ㄓㄨㄤˋ	ㄓㄨㄤ	ㄙㄡ

	1800	1801	1802	1803	1804	1805
常用	挿	曹	喪	槽	霜	藻
音訓	ソウ / さす	ソウ	ソウ / も	ソウ	ソウ / しも	ソウ / も
簡体	插	曹	丧	槽	霜	藻
拼音	chā	cáo	sāng	cáo	shuāng	zǎo
繁体	插	曹	喪	槽	霜	藻
注音	ㄔㄚ	ㄘㄠˊ	ㄙㄤ	ㄘㄠˊ	ㄕㄨㄤ	ㄗㄠˇ

	1806	1807	1808	1809	1810	1811
常用	妥	堕	惰	駄	泰	濯
音訓	ダ	ダ	ダ	ダ	タイ	タク
簡体	妥	堕	惰	驮	泰	濯
拼音	tuǒ	duò	duò	tuó	tài	zhuó
繁体	妥	墮	惰	馱	泰	濯
注音	ㄊㄨㄛˇ	ㄉㄨㄛˋ	ㄉㄨㄛˋ	ㄊㄨㄛˊ	ㄊㄞˋ	ㄓㄨㄛˊ

	1812	1813	1814	1815	1816	1817
常用	但	棚	痴	逐	秩	嫡
音訓	ただし	たな	チ	チク	チツ	チャク
簡体	但	棚	痴	逐	秩	嫡
拼音	dàn	péng	chī	zhú	zhì	dí
繁体	但	棚	癡	逐	秩	嫡
注音	ㄉㄢˋ	ㄆㄥˊ	ㄔ	ㄓㄨˊ	ㄓˋ	ㄉㄧˊ

	1818	1819	1820	1821	1822	1823
常用	衷	弔	挑	眺	釣	懲
音訓	チュウ	チョウ / とむらう	チョウ / いどむ	チョウ / ながめる	チョウ / つり	チョウ / こりる
簡体	衷	吊	挑	眺	钓	惩
拼音	zhōng	diào	tiǎo	tiào	diào	chéng
繁体	衷	弔	挑	眺	釣	懲
注音	ㄓㄨㄥ	ㄉㄧㄠˋ	ㄊㄧㄠˇ	ㄊㄧㄠˋ	ㄉㄧㄠˋ	ㄔㄥˊ

	1824	1825	1826	1827	1828	1829
常用	勅	朕	塚	漬	坪	呈
音訓	チョク	チン	つか	つかる	つぼ	テイ
簡体	敕	朕	冢	渍	坪	呈
拼音	chì	zhèn	zhǒng	zì	píng	chéng
繁体	敕	朕	塚	漬	坪	呈
注音	ㄔˋ	ㄓㄣˋ	ㄓㄨㄥˇ	ㄗˋ	ㄆㄧㄥˊ	ㄔㄥˊ

	1830	1831	1832	1833	1834	1835
常用	廷	邸	亭	貞	逓	偵
音訓	テイ	テイ	テイ	テイ	テイ	テイ
簡体	廷	邸	亭	贞	递	侦
拼音	tíng	dǐ	tíng	zhēn	dì	zhēn
繁体	廷	邸	亭	貞	遞	偵
注音	ㄊㄧㄥˊ	ㄉㄧˇ	ㄊㄧㄥˊ	ㄓㄣ	ㄉㄧˋ	ㄓㄣ

	1836	1837	1838	1839	1840	1841
常用	艇	泥	迭	徹	撤	悼
音訓	テイ	デイ / どろ	テツ	テツ	テツ	トウ / いたむ
簡体	艇	泥	迭	彻	撤	悼
拼音	tǐng	ní	dié	chè	chè	dào
繁体	艇	泥	迭	徹	撤	悼
注音	ㄊㄧㄥˇ	ㄋㄧˊ	ㄉㄧㄝˊ	ㄔㄜˋ	ㄔㄜˋ	ㄉㄠˋ

	1842	1843	1844	1845	1846	1847
常用	搭	棟	筒	謄	騰	洞
音訓	トウ	トウ / むね	トウ / つつ	トウ	トウ	ドウ / ほら
簡体	搭	栋	筒	誊	腾	洞
拼音	dā	dòng	tǒng	téng	téng	dòng
繁体	搭	棟	筒	謄	騰	洞
注音	ㄉㄚ	ㄉㄨㄥˋ	ㄊㄨㄥˇ	ㄊㄥˊ	ㄊㄥˊ	ㄉㄨㄥˋ

	1848	1849	1850	1851	1852	1853
常用	督	凸	屯	軟	尼	妊
音訓	トク	トツ	トン	ナン やわらかい	ニ あま	ニン
簡体	督	凸	屯	软	尼	妊
拼音	dū	tū	tún	ruǎn	ní	rèn
繁体	督	凸	屯	軟	尼	妊
注音	ㄉㄨ	ㄊㄨ	ㄊㄨㄣˊ	ㄖㄨㄢˇ	ㄋㄧˊ	ㄖㄣˋ

	1854	1855	1856	1857	1858	1859
常用	忍	寧	把	覇	廃	培
音訓	ニン しのぶ	ネイ	ハ	ハ	ハイ すたる	バイ つちかう
簡体	忍	宁	把	霸	废	培
拼音	rěn	níng	bǎ	bà	fèi	péi
繁体	忍	寧	把	霸	廢	培
注音	ㄖㄣˇ	ㄋㄧㄥˊ	ㄅㄚˇ	ㄅㄚˋ	ㄈㄟˋ	ㄆㄟˊ

	1860	1861	1862	1863	1864	1865
常用	媒	賠	伯	舶	漠	肌
音訓	バイ	バイ	ハク	ハク	バク	はだ
簡体	媒	赔	伯	舶	漠	肌
拼音	méi	péi	bó	bó	mò	jī
繁体	媒	賠	伯	舶	漠	肌
注音	ㄇㄟˊ	ㄆㄟˊ	ㄅㄛˊ	ㄅㄛˊ	ㄇㄛˋ	ㄐㄧ

	1866	1867	1868	1869	1870	1871
常用	鉢	閥	煩	頒	妃	披
音訓	ハチ	バツ	ハン わずらう	ハン	ヒ	ヒ
簡体	钵	阀	烦	颁	妃	披
拼音	bō	fá	fán	bān	fēi	pī
繁体	鉢	閥	煩	頒	妃	披
注音	ㄅㄛ	ㄈㄚˊ	ㄈㄢˊ	ㄅㄢ	ㄈㄟ	ㄆㄧ

	1872	1873	1874	1875	1876	1877
常用	扉	罷	猫	賓	頻	瓶
音訓	ヒ とびら	ヒ	ビョウ ねこ	ヒン	ヒン	ビン
簡体	扉	罢	猫	宾	频	瓶
拼音	fēi	bà	māo	bīn	pín	píng
繁体	扉	罷	貓	賓	頻	瓶
注音	ㄈㄟ	ㄅㄚˋ	ㄇㄠ	ㄅㄧㄣ	ㄆㄧㄣˊ	ㄆㄧㄥˊ

	1878	1879	1880	1881	1882	1883
常用	扶	附	譜	侮	沸	雰
音訓	フ	フ	フ	ブ あなどる	フツ わく	フン
簡体	扶	附	谱	侮	沸	雰氛
拼音	fú	fù	pǔ	wǔ	fèi	fēn
繁体	扶	附	譜	侮	沸	雰氛
注音	ㄈㄨˊ	ㄈㄨˋ	ㄆㄨˇ	ㄨˇ	ㄈㄟˋ	ㄈㄣ

	1884	1885	1886	1887	1888	1889
常用	憤	丙	併	塀	幣	弊
音訓	フン いきどおる	ヘイ	ヘイ あわせる	ヘイ	ヘイ	ヘイ
簡体	愤	丙	并	屏	币	弊
拼音	fèn	bǐng	bìng	píng	bì	bì
繁体	憤	丙	併	屏	幣	弊
注音	ㄈㄣˋ	ㄅㄧㄥˇ	ㄅㄧㄥˋ	ㄆㄧㄥˊ	ㄅㄧˋ	ㄅㄧˋ

	1890	1891	1892	1893	1894	1895
常用	偏	遍	浦	泡	俸	褒
音訓	ヘン かたよる	ヘン	うら	ホウ あわ	ホウ	ホウ ほめる
簡体	偏	遍	浦	泡	俸	褒
拼音	piān	biàn	pǔ	pào	fèng	bāo
繁体	偏	遍	浦	泡	俸	褒
注音	ㄆㄧㄢ	ㄅㄧㄢˋ	ㄆㄨˇ	ㄆㄠˋ	ㄈㄥˋ	ㄅㄠ

中学3年

漢検準2級

	1896	1897	1898	1899	1900	1901
常用	剖	紡	朴	僕	撲	堀
音訓	ボウ	ボウ つむぐ	ボク	ボク	ボク	ほり
簡体	剖	纺	朴	仆	扑	堀
拼音	pōu	fǎng	pǔ	pú	pū	kū
繁体	剖	紡	樸	僕	撲	堀
注音	ㄆㄡˇ	ㄈㄤˇ	ㄆㄨˊ	ㄆㄨˊ	ㄆㄨ	ㄎㄨ

	1902	1903	1904	1905	1906	1907
常用	奔	麻	摩	磨	抹	岬
音訓	ホン	マ あさ	マ	マ みがく	マツ	みさき
簡体	奔	麻	摩	磨	抹	岬
拼音	bēn	má	mó	mó	mǒ	jiǎ
繁体	奔	麻	摩	磨	抹	岬
注音	ㄅㄣ	ㄇㄚˊ	ㄇㄛˊ	ㄇㄛˊ	ㄇㄛˇ	ㄐㄧㄚˇ

	1908	1909	1910	1911	1912	1913
常用	銘	妄	盲	耗	厄	愉
音訓	メイ	モウ	モウ	モウ	ヤク	ユ
簡体	铭	妄	盲	耗	厄	愉
拼音	míng	wàng	máng	hào	è	yú
繁体	銘	妄	盲	耗	厄	愉
注音	ㄇㄧㄥˊ	ㄨㄤˋ	ㄇㄤˊ	ㄏㄠˋ	ㄜˋ	ㄩˊ

	1914	1915	1916	1917	1918	1919
常用	諭	癒	唯	悠	猶	裕
音訓	ユ / さとす	ユ / いやす	ユイ	ユウ	ユウ	ユウ
簡体	谕	愈	唯	悠	犹	裕
拼音	yù	yù	wéi	yōu	yóu	yù
繁体	諭	癒	唯	悠	猶	裕
注音	ㄩˋ	ㄩˋ	ㄨㄟˊ	ㄧㄡ	ㄧㄡˊ	ㄩˋ

	1920	1921	1922	1923	1924	1925
常用	融	庸	窯	羅	酪	痢
音訓	ユウ	ヨウ	ヨウ / かま	ラ	ラク	リ
簡体	融	庸	窑	罗	酪	痢
拼音	róng	yōng	yáo	luó	luò	lì
繁体	融	庸	窯	羅	酪	痢
注音	ㄖㄨㄥˊ	ㄩㄥ	ㄧㄠˊ	ㄌㄨㄛˊ	ㄌㄨㄛˋ	ㄌㄧˋ

	1926	1927	1928	1929	1930	1931
常用	履	柳	竜	硫	虜	涼
音訓	リ / はく	リュウ / やなぎ	リュウ / たつ	リュウ	リョ	リョウ / すずしい
簡体	履	柳	龙	硫	虏	凉
拼音	lǚ	liǔ	lóng	liú	lǔ	liáng
繁体	履	柳	龍	硫	虜	涼
注音	ㄌㄩˇ	ㄌㄧㄡˇ	ㄌㄨㄥˊ	ㄌㄧㄡˊ	ㄌㄨˇ	ㄌㄧㄤˊ

	1932	1933	1934	1935	1936	1937
常用	僚	寮	倫	累	塁	戻
音訓	リョウ	リョウ	リン	ルイ	ルイ	レイ / もどす
簡体	僚	寮	伦	累	垒	戾
拼音	liáo	liáo	lún	lèi	lěi	lì
繁体	僚	寮	倫	累	壘	戾
注音	ㄌㄧㄠˊ	ㄌㄧㄠˊ	ㄌㄨㄣˊ	ㄌㄟˋ	ㄌㄟˇ	ㄌㄧˋ

	1938	1939	1940
常用	鈴	賄	枠
音訓	レイ / すず	ワイ / まかなう	わく
簡体	铃	贿	*
拼音	líng	huì	
繁体	鈴	賄	*
注音	ㄌㄧㄥˊ	ㄏㄨㄟˋ	

MEMO

中學 3年級 學的漢字 196

目次

漢字検定2級

中学校３年配当　196字　漢検２級

	1941	1942	1943	1944	1945	1946
常用	挨	曖	宛	嵐	畏	萎
音訓	アイ	アイ	あてる	あらし	イ おそれる	イ なえる
簡体	挨	暧	宛	岚	畏	萎
拼音	āi	ài	wǎn	lán	wèi	wěi
繁体	挨	曖	宛	嵐	畏	萎
注音	ㄞ	ㄞˋ	ㄨㄢˇ	ㄌㄢˊ	ㄨㄟˋ	ㄨㄟˇ

	1947	1948	1949	1950	1951	1952
常用	椅	彙	茨	咽	淫	唄
音訓	イ	イ	いばら	イン	イン みだら	うた
簡体	椅	汇	茨	咽	淫	呗
拼音	yǐ	huì	cí	yān	yín	bài
繁体	椅	彙	茨	咽	淫	唄
注音	ㄧˇ	ㄏㄨㄟˋ	ㄘˊ	ㄧㄢ	ㄧㄣˊ	ㄅㄞˋ

	1953	1954	1955	1956	1957	1958
常用	鬱	怨	媛	艶	旺	岡
音訓	ウツ	オン	エン	エン / つや	オウ	おか
簡体	郁	怨	媛	艳	旺	冈
拼音	yù	yuàn	yuán	yàn	wàng	gāng
繁体	鬱	怨	媛	豔	旺	岡
注音	ㄩˋ	ㄩㄢˋ	ㄩㄢˊ	ㄧㄢˋ	ㄨㄤˋ	ㄍㄤ

	1959	1960	1961	1962	1963	1964
常用	臆	俺	苛	牙	瓦	楷
音訓	オク	おれ	カ	ゲ / きば	ガ / かわら	カイ
簡体	臆	俺	苛	牙	瓦	楷
拼音	yì	ǎn	kē	yá	wǎ	kǎi
繁体	臆	俺	苛	牙	瓦	楷
注音	ㄧˋ	ㄢˇ	ㄎㄜ	ㄧㄚˊ	ㄨㄚˇ	ㄎㄞˇ

中学3年

漢検2級

	1965	1966	1967	1968	1969	1970
常用	潰	諧	崖	蓋	骸	柿
音訓	カイ つぶす	カイ	ガイ がけ	ガイ ふた	ガイ	かき
簡体	溃	谐	崖	盖	骸	柿
拼音	kuì	xié	yá	gài	hái	shì
繁体	潰	諧	崖	蓋	骸	柿
注音	ㄎㄨㄟˋ	ㄒㄧㄝˊ	ㄧㄞˊ	ㄍㄞˋ	ㄏㄞˊ	ㄕˋ

	1971	1972	1973	1974	1975	1976
常用	顎	葛	釜	鎌	韓	玩
音訓	ガク あご	カツ くず	かま	かま	カン	ガン
簡体	颚	葛	釜	镰	韩	玩
拼音	è	gé	fǔ	lián	hán	wán
繁体	顎	葛	釜	鎌	韓	玩
注音	ㄜˋ	ㄍㄜˊ	ㄈㄨˇ	ㄌㄧㄢˊ	ㄏㄢˊ	ㄨㄢˊ

	1977	1978	1979	1980	1981	1982
常用	伎	亀	毀	畿	臼	嗅
音訓	キ	かめ キ	キ	キ	うす キュウ	かぐ キュウ
簡体	伎	龟	毁	畿	臼	嗅
拼音	jì	guī	huǐ	jī	jiù	xiù
繁体	伎	龜	毀	畿	臼	嗅
注音	ㄐㄧˋ	ㄍㄨㄟ	ㄏㄨㄟˇ	ㄐㄧ	ㄐㄧㄡˋ	ㄒㄧㄡˋ

	1983	1984	1985	1986	1987	1988
常用	巾	僅	錦	惧	串	窟
音訓	キン	わずか キン	にしき キン	グ	くし	クツ
簡体	巾	仅	锦	惧	串	窟
拼音	jīn	jǐn	jǐn	jù	chuàn	kū
繁体	巾	僅	錦	懼	串	窟
注音	ㄐㄧㄣ	ㄐㄧㄣˇ	ㄐㄧㄣˇ	ㄐㄩˋ	ㄔㄨㄢˋ	ㄎㄨ

	1989	1990	1991	1992	1993	1994
常用	熊	詣	憬	稽	隙	桁
音訓	くま	ケイ もうでる	ケイ	ケイ	ゲキ すき	けた
簡体	熊	诣	憬	稽	隙	桁
拼音	xióng	yì	jǐng	jī	xì	héng
繁体	熊	詣	憬	稽	隙	桁
注音	ㄒㄩㄥˊ	ㄧˋ	ㄐㄧㄥˇ	ㄐㄧ	ㄒㄧˋ	ㄏㄥˊ

	1995	1996	1997	1998	1999	2000
常用	拳	鍵	舷	股	虎	錮
音訓	ケン こぶし	ケン かぎ	ゲン	コ また	コ とら	コ
簡体	拳	键	舷	股	虎	锢
拼音	quán	jiàn	xián	gǔ	hǔ	gù
繁体	拳	鍵	舷	股	虎	錮
注音	ㄑㄩㄢˊ	ㄐㄧㄢˋ	ㄒㄧㄢˊ	ㄍㄨˇ	ㄏㄨˇ	ㄍㄨˋ

	2001	2002	2003	2004	2005	2006
常用	勾	梗	喉	乞	傲	駒
音訓	コウ	コウ	コウ のど	こう	ゴウ	こま
簡体	勾	梗	喉	乞	傲	驹
拼音	gōu	gěng	hóu	qǐ	ào	jū
繁体	勾	梗	喉	乞	傲	駒
注音	ㄍㄡ	ㄍㄥˇ	ㄏㄡˊ	ㄑㄧˇ	ㄠˋ	ㄐㄩ

	2007	2008	2009	2010	2011	2012
常用	頃	痕	沙	挫	采	塞
音訓	ころ	コン あと	サ	ザ	サイ	サイ ふさぐ
簡体	顷	痕	沙	挫	采	塞
拼音	qǐng	hén	shā	cuò	cǎi	sāi
繁体	頃	痕	沙	挫	采	塞
注音	ㄑㄧㄥˇ	ㄏㄣˊ	ㄕㄚ	ㄘㄨㄛˋ	ㄘㄞˇ	ㄙㄞ

中学3年

漢検2級

	2013	2014	2015	2016	2017	2018
常用	埼	柵	刹	拶	斬	恣
音訓	さい	サク	セツ	サツ	きる ザン	シ
簡体	埼	栅	刹	拶	斩	恣
拼音	qí	zhà	chà	zǎn	zhǎn	zì
繁体	埼	柵	剎	拶	斬	恣
注音	ㄑㄧˊ	ㄓㄚˋ	ㄔㄚˋ	ㄗㄢˇ	ㄓㄢˇ	ㄗˋ

	2019	2020	2021	2022	2023	2024
常用	摯	餌	鹿	叱	嫉	腫
音訓	シ	えさ ジ	しか	しかる シツ	シツ	はれる シュ
簡体	挚	饵	鹿	叱	嫉	肿
拼音	zhì	ěr	lù	chì	jí	zhǒng
繁体	摯	餌	鹿	叱	嫉	腫
注音	ㄓˋ	ㄦˇ	ㄌㄨˋ	ㄔˋ	ㄐㄧˊ	ㄓㄨㄥˇ

	2025	2026	2027	2028	2029	2030
常用	呪	袖	羞	蹴	憧	拭
音訓	ジュ / のろう	シュウ / そで	シュウ	シュウ / ける	シュウ / あこがれる	ショク / ふく
簡体	咒	袖	羞	蹴	憧	拭
拼音	zhòu	xiù	xiū	cù	chōng	shì
繁体	咒	袖	羞	蹴	憧	拭
注音	ㄓㄡˋ	ㄒㄧㄡˋ	ㄒㄧㄡ	ㄘㄨˋ	ㄔㄨㄥ	ㄕˋ

	2031	2032	2033	2034	2035	2036
常用	尻	芯	腎	須	裾	凄
音訓	しり	シン	ジン	ス	すそ	セイ
簡体	尻	芯	肾	须	裾	凄
拼音	kāo	xīn	shèn	xū	jū	qī
繁体	尻	芯	腎	須	裾	凄
注音	ㄎㄠ	ㄒㄧㄣ	ㄕㄣˋ	ㄒㄩ	ㄐㄩ	ㄑㄧ

	2037	2038	2039	2040	2041	2042
常用	醒	脊	戚	煎	羨	腺
音訓	セイ	セキ	セキ	セン いる	セン うらやむ	セン
簡体	醒	脊	戚	煎	羡	腺
拼音	xǐng	jǐ	qī	jiān	xiàn	xiàn
繁体	醒	脊	戚	煎	羨	腺
注音	ㄕㄥˇ	ㄐㄧˇ	ㄑㄧ	ㄐㄧㄢ	ㄒㄧㄢˋ	ㄒㄧㄢˋ

	2043	2044	2045	2046	2047	2048
常用	詮	箋	膳	狙	遡	曽
音訓	セン	セン	ゼン	ソ ねらう	ソ さかのぼる	ソウ
簡体	诠	笺	膳	狙	溯	曾
拼音	quán	jiān	shàn	jū	sù	zēng
繁体	詮	箋	膳	狙	溯	曾
注音	ㄑㄩㄢˊ	ㄐㄧㄢ	ㄕㄢˋ	ㄐㄩ	ㄙㄨˋ	ㄗㄥ

	2049	2050	2051	2052	2053	2054
常用	爽	痩	踪	捉	遜	汰
音訓	ソウ / さわやか	ソウ / やせる	ソウ	ソク / とらえる	ソン	タ
簡体	爽	瘦	踪	捉	逊	汰
拼音	shuǎng	shòu	zōng	zhuō	xùn	tài
繁体	爽	瘦	蹤	捉	遜	汰
注音	ㄕㄨㄤˇ	ㄕㄡˋ	ㄗㄨㄥ	ㄓㄨㄛ	ㄒㄩㄣˋ	ㄊㄞˋ

	2055	2056	2057	2058	2059	2060
常用	唾	堆	戴	誰	旦	綻
音訓	ダ / つば	タイ	タイ	だれ	タン	タン / ほころびる
簡体	唾	堆	戴	谁	旦	绽
拼音	tuò	duī	dài	shéi	dàn	zhàn
繁体	唾	堆	戴	誰	旦	綻
注音	ㄊㄨㄛˋ	ㄉㄨㄟ	ㄉㄞˋ	ㄕㄟˊ	ㄉㄢˋ	ㄓㄢˋ

	2061	2062	2063	2064	2065	2066
常用	緻	酎	貼	嘲	捗	椎
音訓	チ	チュウ	チュウ はる	チョウ あざける	チョク	ツイ
簡体	致	酎	贴	嘲	捗	椎
拼音	zhì	zhòu	tiē	cháo	bù	zhuī
繁体	緻	酎	貼	嘲	捗	椎
注音	ㄓˋ	ㄓㄡˋ	ㄊㄧㄝ	ㄔㄠˊ	ㄅㄨˋ	ㄓㄨㄟ

	2067	2068	2069	2070	2071	2072
常用	爪	鶴	諦	溺	填	妬
音訓	つめ	つる	テイ あきらめる	デキ おぼれる	テン	ト ねたむ
簡体	爪	鹤	谛	溺	填	妒
拼音	zhǎo	hè	dì	nì	tián	dù
繁体	爪	鶴	諦	溺	填	妒
注音	ㄓㄠˇ	ㄏㄜˋ	ㄉㄧˋ	ㄋㄧˋ	ㄊㄧㄢˊ	ㄉㄨˋ

	2073	2074	2075	2076	2077	2078
常用	賭	藤	瞳	栃	頓	貪
音訓	かける / ト	ふじ / トウ	ひとみ / ドウ	とち	トン	むさぼる / ドン
簡体	赌	藤	瞳	枥	顿	贪
拼音	dǔ	téng	tóng	lì	dùn	tān
繁体	賭	藤	瞳	櫪	頓	貪
注音	ㄉㄨˇ	ㄊㄥˊ	ㄊㄨㄥˊ	ㄌㄧˋ	ㄉㄨㄣˋ	ㄊㄢ

	2079	2080	2081	2082	2083	2084
常用	丼	那	奈	梨	謎	鍋
音訓	どんぶり	ナ	ナ	なし	なぞ	なべ
簡体	井	那	奈	梨	谜	锅
拼音	jǐng	nà	nài	lí	mí	guō
繁体	井	那	奈	梨	謎	鍋
注音	ㄐㄧㄥˇ	ㄋㄚˋ	ㄋㄞˋ	ㄌㄧˊ	ㄇㄧˊ	ㄍㄨㄛ

	2085	2086	2087	2088	2089	2090
常用	匂	虹	捻	罵	剥	箸
音訓	におう	にじ	ネン	バ ののしる	ハク はがす	はし
簡体	*	虹	捻	骂	剥	箸
拼音		hóng	niǎn	mà	bō	zhù
繁体	*	虹	捻	罵	剝	箸
注音		ㄏㄨㄥˊ	ㄋㄧㄢˇ	ㄇㄚˋ	ㄅㄛ	ㄓㄨˋ

	2091	2092	2093	2094	2095	2096
常用	氾	汎	阪	斑	眉	膝
音訓	ハン	ハン	ハン さか	ハン	ミ まゆ	ひざ
簡体	泛	泛	阪	斑	眉	膝
拼音	fàn	fàn	bǎn	bān	méi	xī
繁体	氾	汎	阪	斑	眉	膝
注音	ㄈㄢˋ	ㄈㄢˋ	ㄅㄢˇ	ㄅㄢ	ㄇㄟˊ	ㄒㄧ

	2097	2098	2099	2100	2101	2102
常用	肘	阜	訃	蔽	餅	璧
音訓	ひじ	フ	フ	ヘイ	もち ヘイ	ヘキ
簡体	肘	阜	讣	蔽	饼	璧
拼音	zhǒu	fù	fù	bì	bǐng	bì
繁体	肘	阜	訃	蔽	餅	璧
注音	ㄓㄡˇ	ㄈㄨˋ	ㄈㄨˋ	ㄅㄧˋ	ㄅㄧㄥˇ	ㄅㄧˋ

	2103	2104	2105	2106	2107	2108
常用	蔑	哺	蜂	貌	頬	睦
音訓	さげすむ ベツ	ホ	はち ホウ	ボウ	ほお	ボク
簡体	蔑	哺	蜂	貌	颊	睦
拼音	miè	bǔ	fēng	mào	jiá	mù
繁体	蔑	哺	蜂	貌	頰	睦
注音	ㄇㄧㄝˋ	ㄅㄨˇ	ㄈㄥ	ㄇㄠˋ	ㄐㄧㄚˊ	ㄇㄨˋ

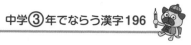

	2109	2110	2111	2112	2113	2114
常用	勃	昧	枕	蜜	冥	麺
音訓	ボツ	マイ	まくら	ミツ	メイ	メン
簡体	勃	昧	枕	蜜	冥	面
拼音	bó	mèi	zhěn	mì	míng	miàn
繁体	勃	昧	枕	蜜	冥	麵
注音	ㄅㄛˊ	ㄇㄟˋ	ㄓㄣˇ	ㄇㄧˋ	ㄇㄧㄥˊ	ㄇㄧㄢˋ

	2115	2116	2117	2118	2119	2120
常用	冶	弥	闇	喩	湧	妖
音訓	ヤ	や	やみ	ユ	ユウ わく	ヨウ あやしい
簡体	冶	弥	暗	喻	涌	妖
拼音	yě	mí	àn	yù	yǒng	yāo
繁体	冶	彌	闇	喻	湧	妖
注音	ㄧㄝˇ	ㄇㄧˊ	ㄢˋ	ㄩˋ	ㄩㄥˇ	ㄧㄠ

	2121	2122	2123	2124	2125	2126
常用	瘍	沃	拉	辣	藍	璃
音訓	ヨウ	ヨク	ラ	ラツ	ラン あい	リ
簡体	疡	沃	拉	辣	蓝	璃
拼音	yáng	wò	lā	là	lán	lí
繁体	瘍	沃	拉	辣	藍	璃
注音	ㄧㄤˊ	ㄨㄛˋ	ㄌㄚ	ㄌㄚˋ	ㄌㄢˊ	ㄌㄧˊ

	2127	2128	2129	2130	2131	2132
常用	慄	侶	瞭	瑠	呂	賂
音訓	リツ	リョ	リョウ	ル	ロ	ロ
簡体	栗	侣	瞭	琉	吕	赂
拼音	lì	lǚ	liào	liú	lǚ	lù
繁体	慄	侶	瞭	琉	呂	賂
注音	ㄌㄧˋ	ㄌㄩˇ	ㄌㄧㄠˋ	ㄌㄧㄡˊ	ㄌㄩˇ	ㄌㄨˋ

	2133	2134	2135	2136
常用	弄	籠	麓	脇
音訓	もてあそぶ / ロウ	こもる / ロウ	ふもと / ロク	わき
簡体	弄	笼	麓	胁
拼音	nòng	lóng	lù	xié
繁体	弄	籠	麓	脅
注音	ㄋㄨㄥˋ	ㄌㄨㄥˊ	ㄌㄨˋ	ㄒㄧㄝˊ

常用漢字　音訓索引

★以音讀、訓讀的順序按照五十音排列。
（若讀法相同，按序號順序。）
★音讀以片假名、訓讀以平假名來表示。
訓讀的紅字是送假名。
★紅色的數字是該漢字的對應學年。
1～6是小學，7～9是中學。
★黑色的數字是頁碼，斜體字表示序號。

音訓讀	常用	學年	頁碼	序號
あ				
ア	亜	9	156	*1608*
アイ	愛	4	48	*441*
	哀	8	130	*1323*
	挨	9	186	*1941*
	曖	9	186	*1942*
あい	相	3	38	*348*
	藍	9	201	*2125*
あいだ	間	2	15	*100*
あう	会	2	15	*93*
	合	2	18	*134*
	遭	8	143	*1485*
あお	青	1	9	*45*
あおぐ	仰	7	107	*1076*
あか	赤	1	9	*48*
	朱	7	112	*1128*
あかつき	暁	9	160	*1663*
あかるい	明	2	26	*228*
あき	秋	2	20	*156*
あきなう	商	3	37	*333*
あきらめる	諦	9	196	*2069*
あきる	飽	8	149	*1562*
アク	悪	3	30	*241*
	握	7	102	*1007*
あげる	挙	4	51	*482*
	揚	8	151	*1583*
あご	顎	9	188	*1971*
あこがれる	憧	9	193	*2029*
あさ	朝	2	23	*191*
	麻	9	180	*1903*
あさい	浅	4	57	*554*
あざける	嘲	9	196	*2064*
あざむく	欺	8	133	*1368*
あざやか	鮮	7	115	*1170*
あし	足	1	10	*54*
	脚	7	106	*1060*
あじ	味	3	44	*415*
あずける	預	5	81	*821*
あせ	汗	7	105	*1043*
あそぶ	遊	3	45	*424*
あたい	価	5	67	*657*
あたえる	与	7	126	*1295*

あたたかい	温	3	31	*257*
	暖	6	93	*945*
あたま	頭	2	24	*203*
あたらしい	新	2	21	*165*
あたり	辺	4	61	*608*
あたる	当	2	23	*200*
アツ	圧	5	66	*641*
あつい	暑	3	37	*329*
	熱	4	60	*589*
	厚	5	70	*698*
あつかう	扱	7	102	*1008*
あつまる	集	3	36	*324*
あてる	充	9	166	*1729*
	宛	9	186	*1943*
あと	後	2	17	*123*
	跡	7	115	*1167*
	痕	9	191	*2008*
あな	穴	6	86	*860*
あなどる	侮	9	178	*1881*
あに	兄	2	16	*114*
あね	姉	2	19	*146*
あばれる	暴	5	80	*814*
あびる	浴	4	63	*625*
あぶない	危	6	85	*844*
あぶら	油	3	45	*422*
	脂	7	111	*1119*
あま	天	1	11	*62*
	尼	9	176	*1852*
あまい	甘	7	104	*1042*
あまる	余	5	80	*820*
あみ	網	7	125	*1290*
あむ	編	5	79	*806*
あめ	雨	1	6	*3*
あやしい	怪	8	131	*1340*
	妖	9	200	*2120*
あやつる	操	6	93	*935*
あやまる	謝	5	73	*728*
	誤	6	87	*868*
あらい	荒	7	109	*1102*
	粗	8	143	*1479*
あらう	洗	6	92	*927*
あらし	嵐	9	186	*1944*
あらそう	争	4	57	*558*
あらためる	改	4	49	*458*
あらわす	現	5	70	*692*
	著	6	94	*949*
ある	有	3	45	*423*
	在	5	71	*711*
あるく	歩	2	25	*221*
あわ	泡	9	179	*1893*
あわい	淡	7	116	*1185*
あわせる	併	9	179	*1886*
あわてる	慌	8	137	*1407*
あわれ	哀	8	130	*1323*
アン	安	3	30	*242*
	暗	3	30	*243*
	案	4	48	*442*
い				
イ	医	3	30	*244*
	委	3	30	*245*
	意	3	30	*246*
	以	4	48	*443*

イ	衣	4	48	*444*
	位	4	48	*445*
	囲	4	48	*446*
	胃	4	48	*447*
	移	5	66	*642*
	異	6	84	*826*
	遺	6	84	*827*
	依	7	102	*1009*
	威	7	102	*1010*
	為	7	102	*1011*
	偉	7	102	*1012*
	違	7	102	*1013*
	維	7	102	*1014*
	緯	7	102	*1015*
	慰	8	130	*1324*
	尉	9	156	*1609*
	畏	9	186	*1945*
	萎	9	186	*1946*
	椅	9	186	*1947*
	彙	9	186	*1948*
い	井	7	115	*1164*
いう	言	2	17	*118*
いえ	家	2	14	*89*
イキ	域	6	84	*828*
いき	息	3	39	*351*
	粋	8	141	*1459*
いきおい	勢	5	74	*747*
いきどおる	憤	9	179	*1884*
いきる	生	1	9	*44*
イク	育	3	30	*247*
いく	行	2	18	*131*

いく	逝	9	170	*1780*
	幾	7	105	*1054*
いけ	池	2	22	*185*
いこい	憩	8	135	*1388*
いさぎよい	潔	5	69	*686*
いさむ	勇	4	63	*622*
いし	石	1	9	*47*
いしずえ	礎	8	143	*1480*
いずみ	泉	6	92	*926*
いそがしい	忙	7	124	*1273*
いそぐ	急	3	32	*272*
いた	板	3	42	*395*
いたい	痛	6	94	*954*
いたす	致	7	117	*1190*
いただく	頂	6	94	*951*
いたむ	悼	9	175	*1841*
いたる	至	6	89	*886*
イチ	一	1	6	*1*
	壱	7	102	*1016*
いち	市	2	19	*144*
イツ	逸	9	156	*1610*
いつくしむ	慈	8	138	*1430*
いつつ	五	1	7	*21*
いつわる	偽	9	159	*1654*
いと	糸	1	8	*29*
いとなむ	営	5	66	*645*
いどむ	挑	9	173	*1820*
いな	否	6	96	*972*
いぬ	犬	1	7	*19*
いね	稲	7	119	*1218*
いのち	命	3	44	*416*

いのる	祈	7	105	*1052*
いばら	茨	9	186	*1949*
いま	今	2	18	*138*
いまわしい	忌	8	133	*1362*
いも	芋	7	102	*1017*
いもうと	妹	2	26	*226*
いやしい	卑	8	148	*1539*
いやす	癒	9	181	*1915*
いる	要	4	63	*623*
	居	5	69	*678*
	射	6	89	*893*
	鋳	8	145	*1507*
	煎	9	194	*2040*
いろ	色	2	20	*162*
いろどる	彩	7	110	*1110*
いわ	岩	2	15	*102*
いわう	祝	4	55	*533*
イン	引	2	14	*81*
	員	3	30	*248*
	院	3	30	*249*
	飲	3	30	*250*
	印	4	48	*448*
	因	5	66	*643*
	陰	7	102	*1018*
	隠	7	103	*1019*
	影	7	103	*1020*
	姻	9	156	*1611*
	韻	9	156	*1612*
	咽	9	186	*1950*
	淫	9	186	*1951*

う

ウ	右	1	6	*2*
	雨	1	6	*3*
	羽	2	14	*82*
	宇	6	84	*829*
うえ	上	1	9	*39*
うえる	植	3	38	*337*
	飢	9	159	*1652*
うかがう	伺	7	111	*1117*
うく	浮	7	122	*1256*
うけたまわる	承	5	73	*736*
うける	受	3	36	*319*
	請	8	142	*1469*
うごく	動	3	41	*384*
うし	牛	2	16	*108*
うじ	氏	4	54	*522*
うしなう	失	4	55	*529*
うす	臼	9	189	*1981*
うず	渦	9	156	*1619*
うすい	薄	7	120	*1234*
うた	歌	2	14	*90*
	唄	9	186	*1952*
うたい	謡	7	126	*1300*
うたがう	疑	6	85	*848*
うち	内	2	24	*207*
ウツ	鬱	9	187	*1953*
うつ	打	3	39	*355*
	討	6	94	*956*
	撃	7	108	*1085*
うつくしい	美	3	43	*398*
うつす	写	3	36	*313*

うったえる	訴	7	115	*1171*
うつる	移	5	66	*642*
	映	6	84	*830*
うつわ	器	4	50	*475*
うで	腕	7	128	*1322*
うとい	疎	9	171	*1795*
うながす	促	8	143	*1487*
うね	畝	9	170	*1778*
うばう	奪	8	144	*1499*
うま	馬	2	24	*210*
うまる	埋	8	150	*1574*
うみ	海	2	15	*94*
うむ	産	4	54	*518*
うめ	梅	4	60	*592*
うやうやしい	恭	9	160	*1661*
うやまう	敬	6	86	*856*
うら	裏	6	98	*1002*
	浦	9	179	*1892*
うらむ	恨	8	137	*1414*
うらやむ	羨	9	194	*2041*
うる	売	2	24	*211*
うるおう	潤	8	139	*1438*
うるし	漆	9	165	*1716*
うるわしい	麗	7	127	*1314*
うれい	憂	8	151	*1582*
	愁	9	165	*1725*
うれる	熟	6	90	*905*
ウン	雲	2	14	*83*
	運	3	30	*251*
え				
エ	絵	2	15	*95*
え	江	9	162	*1686*
エイ	泳	3	30	*252*
	英	4	48	*449*
	栄	4	48	*450*
	永	5	66	*644*
	営	5	66	*645*
	衛	5	66	*646*
	映	6	84	*830*
	鋭	7	103	*1021*
	詠	8	130	*1325*
えがく	描	7	122	*1252*
エキ	駅	3	31	*253*
	易	5	66	*647*
	益	5	66	*648*
	液	5	66	*649*
	疫	9	156	*1613*
えさ	餌	9	192	*2020*
えだ	枝	5	72	*719*
エツ	越	7	103	*1022*
	悦	8	130	*1326*
	閲	8	130	*1327*
	謁	9	156	*1614*
えらい	偉	7	102	*1012*
えらぶ	選	4	57	*556*
えり	襟	9	160	*1667*
える	得	4	60	*587*
	獲	7	104	*1040*
エン	円	1	6	*4*
	園	2	14	*84*
	遠	2	14	*85*
	塩	4	48	*451*

エン	演	5	66	*650*
	延	6	84	*831*
	沿	6	84	*832*
	援	7	103	*1023*
	煙	7	103	*1024*
	鉛	7	103	*1025*
	縁	7	103	*1026*
	炎	8	130	*1328*
	宴	8	130	*1329*
	猿	9	156	*1615*
	媛	9	187	*1955*
	艶	9	187	*1956*

お

オ	汚	7	103	*1027*
お	尾	7	122	*1249*
	緒	9	167	*1741*
おいる	老	4	64	*638*
オウ	王	1	6	*5*
	央	3	31	*254*
	横	3	31	*255*
	応	5	66	*651*
	往	5	66	*652*
	桜	5	67	*653*
	押	7	103	*1028*
	奥	7	103	*1029*
	欧	8	130	*1330*
	殴	8	130	*1331*
	凹	9	153	*1616*
	翁	9	153	*1617*
	旺	9	187	*1957*
おう	追	3	40	*370*
おおい	多	2	22	*180*
おおう	覆	8	148	*1549*
おおぎ	扇	7	115	*1169*
おおきい	大	1	10	*56*
おおやけ	公	2	17	*126*
おか	丘	7	106	*1062*
	岡	9	187	*1958*
おかす	犯	5	78	*789*
	侵	7	114	*1152*
	冒	7	124	*1276*
おがむ	拝	6	95	*966*
おき	沖	7	117	*1193*
おぎなう	補	6	96	*981*
おきる	起	3	32	*268*
オク	屋	3	31	*256*
	億	4	48	*452*
	憶	7	103	*1030*
	臆	9	187	*1959*
おく	置	4	58	*570*
おく	奥	7	103	*1029*
おくる	送	3	39	*349*
	贈	7	116	*1175*
おこたる	怠	8	143	*1489*
おこる	興	5	71	*702*
	怒	7	118	*1209*
おさえる	抑	8	151	*1586*
おさない	幼	6	98	*996*
おさめる	治	4	55	*527*
	修	5	73	*730*
	収	6	90	*898*
	納	6	95	*963*

おしい	惜	8	142	*1472*
おしえる	教	2	16	*112*
おす	推	6	91	*919*
	押	7	103	*1028*
おす	雄	7	125	*1294*
おそい	遅	7	117	*1191*
おそう	襲	7	112	*1134*
おそれ	虞	9	156	*1618*
おそれる	恐	7	107	*1073*
	畏	9	186	*1945*
おだやか	穏	8	130	*1334*
おちいる	陥	9	158	*1641*
おちる	落	3	45	*431*
オツ	乙	8	130	*1332*
おっと	夫	4	61	*601*
おと	音	1	6	*6*
おとうと	弟	2	23	*194*
おとこ	男	1	10	*57*
おどす	脅	8	134	*1376*
おとる	劣	7	127	*1316*
おどる	躍	7	125	*1293*
	踊	7	126	*1299*
おとろえる	衰	8	141	*1460*
おどろく	驚	7	107	*1075*
おなじ	同	2	24	*204*
おに	鬼	7	105	*1053*
おのれ	己	6	87	*866*
おび	帯	4	58	*566*
おぼえる	覚	4	49	*463*
おぼれる	溺	9	196	*2070*
おもい	重	3	37	*326*
おもう	思	2	19	*147*
おもて	表	3	43	*402*
	面	3	44	*417*
おもむき	趣	7	112	*1130*
おもむく	赴	8	148	*1545*
おや	親	2	21	*166*
およぐ	泳	3	30	*252*
およぶ	及	7	106	*1061*
おりる	降	6	87	*873*
おる	折	4	57	*551*
	織	5	74	*742*
おれ	俺	9	187	*1960*
おろか	愚	8	134	*1380*
おろす	卸	8	130	*1333*
おわる	終	3	36	*322*
オン	音	1	6	*6*
	温	3	31	*257*
	恩	5	67	*654*
	穏	8	130	*1334*
	怨	9	187	*1954*
おん	御	7	107	*1067*
おんな	女	1	9	*37*

か

カ	下	1	6	*7*
	火	1	6	*8*
	花	1	6	*9*
	何	2	14	*86*
	科	2	14	*87*
	夏	2	14	*88*
	家	2	14	*89*
	歌	2	14	*90*

カ	化	3	31	*258*
	荷	3	31	*259*
	加	4	49	*453*
	果	4	49	*454*
	貨	4	49	*455*
	課	4	49	*456*
	可	5	67	*655*
	仮	5	67	*656*
	価	5	67	*657*
	河	5	67	*658*
	過	5	67	*659*
	菓	7	103	*1031*
	暇	7	103	*1032*
	箇	7	103	*1033*
	佳	8	131	*1335*
	架	8	131	*1336*
	華	8	131	*1337*
	嫁	8	131	*1338*
	渦	9	156	*1619*
	禍	9	157	*1620*
	靴	9	157	*1621*
	寡	9	157	*1622*
	稼	9	157	*1623*
	苛	9	187	*1961*
か	蚊	9	157	*1624*
ガ	画	2	14	*91*
	芽	4	49	*457*
	賀	5	67	*660*
	我	6	84	*833*
	雅	7	104	*1034*
	餓	8	131	*1339*
ガ	瓦	9	187	*1963*
カイ	回	2	14	*92*
	会	2	15	*93*
	海	2	15	*94*
	界	3	31	*260*
	開	3	31	*261*
	階	3	31	*262*
	改	4	49	*458*
	械	4	49	*459*
	快	5	67	*661*
	解	5	67	*662*
	灰	6	84	*834*
	介	7	104	*1035*
	戒	7	104	*1036*
	皆	7	104	*1037*
	壊	7	104	*1038*
	怪	8	131	*1340*
	悔	8	131	*1341*
	塊	8	131	*1342*
	拐	9	157	*1625*
	懐	9	157	*1626*
	楷	9	187	*1964*
	潰	9	188	*1965*
	諧	9	188	*1966*
かい	貝	1	6	*10*
ガイ	外	2	15	*96*
	害	4	49	*460*
	街	4	49	*461*
	慨	8	131	*1343*
	該	8	131	*1344*
	概	8	131	*1345*

ガイ	劾	9	157	*1627*
	涯	9	157	*1628*
	崖	9	188	*1967*
	蓋	9	188	*1968*
	骸	9	188	*1969*
かいこ	蚕	6	88	*885*
かう	買	2	24	*212*
	飼	5	72	*722*
かえす	返	3	44	*412*
かえりみる	顧	8	136	*1397*
かえる	帰	2	16	*106*
かお	顔	2	15	*103*
かおる	香	7	110	*1103*
	薫	9	161	*1671*
かかげる	掲	8	135	*1386*
かがみ	鏡	4	51	*486*
かがやく	輝	7	106	*1055*
かかり	係	3	33	*286*
かかる	架	8	131	*1336*
	掛	8	132	*1350*
かき	垣	9	157	*1629*
	柿	9	188	*1970*
かぎ	鍵	9	190	*1996*
かぎる	限	5	70	*691*
カク	角	2	15	*97*
	各	4	49	*462*
	覚	4	49	*463*
	格	5	67	*663*
	確	5	67	*664*
	拡	6	84	*835*
	革	6	84	*836*

カク	閣	6	84	*837*
	較	7	104	*1039*
	獲	7	104	*1040*
	郭	8	131	*1346*
	隔	8	132	*1347*
	穫	8	132	*1348*
	核	9	157	*1630*
	殻	9	157	*1631*
	嚇	9	158	*1632*
かく	書	2	20	*159*
かぐ	嗅	9	189	*1982*
ガク	学	1	6	*11*
	楽	2	15	*98*
	額	5	68	*665*
	岳	8	132	*1349*
	顎	9	188	*1971*
かくす	隠	7	103	*1019*
かげ	陰	7	102	*1018*
	影	7	103	*1020*
	崖	9	188	*1967*
かける	欠	4	52	*496*
	駆	7	107	*1077*
	懸	9	162	*1682*
	賭	9	197	*2073*
かこむ	囲	4	48	*446*
かさ	傘	9	164	*1710*
かざる	飾	7	113	*1150*
かしこい	賢	8	135	*1392*
かす	貸	5	76	*770*
かず	数	2	21	*168*
かぜ	風	2	25	*217*

かせぐ	稼	9	157	1623
かた	方	2	25	223
	型	4	52	493
	片	6	96	980
	肩	7	108	1086
がた	潟	9	158	1633
かたい	固	4	53	501
	硬	8	137	1408
かたき	敵	5	77	779
かたち	形	2	16	115
かたな	刀	2	23	198
かたまり	塊	8	131	1342
かたむく	傾	7	108	1082
かたよる	偏	9	179	1890
かたる	語	2	17	124
かたわら	傍	7	124	1277
カツ	活	2	15	99
	割	6	85	838
	滑	8	132	1351
	括	9	158	1634
	喝	9	158	1635
	渇	9	158	1636
	褐	9	158	1637
	轄	9	158	1638
	葛	9	188	1972
かつ	勝	3	37	335
	且	9	158	1639
かつぐ	担	6	93	941
かて	糧	8	152	1594
かど	角	2	15	97
	門	2	26	231

かなしい	悲	3	43	397
かなでる	奏	6	92	930
かならず	必	4	61	597
かね	金	1	7	16
	鐘	8	140	1448
かねる	兼	7	108	1087
かぶ	株	6	85	839
かべ	壁	7	123	1267
かま	窯	9	182	1922
	釜	9	188	1973
	鎌	9	188	1974
かまえる	構	5	71	701
かみ	紙	2	19	148
	神	3	38	340
	髪	7	121	1236
かみなり	雷	7	126	1302
かめ	亀	9	189	1978
かもす	醸	9	168	1763
から	唐	7	119	1213
	殻	9	157	1631
	柄	7	123	1266
からい	辛	8	141	1456
からだ	体	2	22	182
からむ	絡	7	126	1304
かり	仮	5	67	656
かり	狩	7	112	1129
かりる	借	4	55	530
かる	刈	7	104	1041
かるい	軽	3	33	287
かれ	彼	7	121	1245
かれる	枯	7	109	1094

かわ	川	1	10	*50*
	皮	3	42	*396*
	河	5	67	*658*
	革	6	84	*836*
がわ	側	4	58	*562*
かわく	乾	7	105	*1044*
	渇	9	158	*1636*
かわら	瓦	9	187	*1963*
かわる	代	3	39	*358*
	変	4	62	*609*
	替	7	116	*1179*
	換	8	132	*1357*
カン	間	2	15	*100*
	寒	3	31	*263*
	感	3	31	*264*
	漢	3	32	*265*
	館	3	32	*266*
	完	4	49	*464*
	官	4	50	*465*
	管	4	50	*466*
	関	4	50	*467*
	観	4	50	*468*
	刊	5	68	*666*
	幹	5	68	*667*
	慣	5	68	*668*
	干	6	85	*840*
	巻	6	85	*841*
	看	6	85	*842*
	簡	6	85	*843*
	甘	7	104	*1042*
	汗	7	105	*1043*
カン	乾	7	105	*1044*
	勧	7	105	*1045*
	歓	7	105	*1046*
	監	7	105	*1047*
	環	7	105	*1048*
	鑑	7	105	*1049*
	肝	8	132	*1352*
	冠	8	132	*1353*
	勘	8	132	*1354*
	貫	8	132	*1355*
	喚	8	132	*1356*
	換	8	132	*1357*
	敢	8	132	*1358*
	緩	8	133	*1359*
	缶	9	158	*1640*
	陥	9	158	*1641*
	患	9	158	*1642*
	堪	9	158	*1643*
	棺	9	159	*1644*
	款	9	159	*1645*
	閑	9	159	*1646*
	寛	9	159	*1647*
	憾	9	159	*1648*
	還	9	159	*1649*
	艦	9	159	*1650*
	韓	9	188	*1975*
ガン	丸	2	15	*101*
	岩	2	15	*102*
	顔	2	15	*103*
	岸	3	32	*267*
	願	4	50	*469*

ガン	眼	5	68	*669*
	含	7	105	*1050*
	頑	9	159	*1651*
	玩	9	188	*1976*
かんがえる	考	2	18	*130*
かんがみる	鑑	7	105	*1049*
かんばしい	芳	8	149	*1556*
かんむり	冠	8	132	*1353*

き

キ	気	1	6	*12*
	汽	2	15	*104*
	記	2	16	*105*
	帰	2	16	*106*
	起	3	32	*268*
	期	3	32	*269*
	希	4	50	*470*
	季	4	50	*471*
	紀	4	50	*472*
	喜	4	50	*473*
	旗	4	50	*474*
	器	4	50	*475*
	機	4	50	*476*
	基	5	68	*670*
	寄	5	68	*671*
	規	5	68	*672*
	危	6	85	*844*
	机	6	85	*845*
	揮	6	85	*846*
	貴	6	85	*847*
	奇	7	105	*1051*
	祈	7	105	*1052*
キ	鬼	7	105	*1053*
	幾	7	105	*1054*
	輝	7	106	*1055*
	企	8	133	*1360*
	岐	8	133	*1361*
	忌	8	133	*1362*
	軌	8	133	*1363*
	既	8	133	*1364*
	棋	8	133	*1365*
	棄	8	133	*1366*
	騎	8	133	*1367*
	飢	9	159	*1652*
	伎	9	189	*1977*
	亀	9	189	*1978*
	毀	9	189	*1979*
	畿	9	189	*1980*
き	木	1	12	*73*
	黄	2	18	*133*
ギ	議	4	51	*477*
	技	5	68	*673*
	義	5	68	*674*
	疑	6	85	*848*
	儀	7	106	*1056*
	戯	7	106	*1057*
	欺	8	133	*1368*
	犠	8	133	*1369*
	宜	9	159	*1653*
	偽	9	159	*1654*
	擬	9	159	*1655*
きえる	消	3	37	*332*
キク	菊	8	133	*1370*

きく	聞	2	25	219
	効	5	70	697
	聴	8	145	1511
きざし	兆	4	59	573
きざむ	刻	6	88	875
きし	岸	3	32	267
きず	傷	6	91	912
きずく	築	5	77	774
きそう	競	4	51	487
きた	北	2	25	224
きたえる	鍛	8	144	1501
きたない	汚	7	103	1027
キチ	吉	8	134	1371
キツ	詰	7	106	1058
	喫	8	134	1372
きぬ	絹	6	86	861
きば	牙	9	187	1962
きびしい	厳	6	87	865
きみ	君	3	33	285
きめる	決	3	34	289
きも	肝	8	132	1352
キャク	客	3	32	270
キャク	却	7	106	1059
	脚	7	106	1060
ギャク	逆	5	68	675
	虐	8	134	1373
キュウ	九	1	7	13
	休	1	7	14
	弓	2	16	107
	究	3	32	271
	急	3	32	272
キュウ	級	3	32	273
	宮	3	32	274
	球	3	32	275
	求	4	51	478
	泣	4	51	479
	救	4	51	480
	給	4	51	481
	久	5	68	676
	旧	5	69	677
	吸	6	85	849
	及	7	106	1061
	丘	7	106	1062
	朽	7	106	1063
	糾	9	160	1656
	窮	9	160	1657
	竜	9	182	1928
	臼	9	189	1981
	嗅	9	189	1982
ギュウ	牛	2	16	108
キョ	去	3	32	276
	挙	4	51	482
	居	5	69	678
	許	5	69	679
	巨	7	106	1064
	拠	7	106	1065
	距	7	106	1066
	虚	8	134	1374
	拒	9	160	1658
ギョ	魚	2	16	109
	漁	4	51	483
	御	7	107	1067

きよい	清	4	56	*547*
キョウ	京	2	16	*110*
	強	2	16	*111*
	教	2	16	*112*
	兄	2	16	*114*
	橋	3	33	*277*
	共	4	51	*484*
	協	4	51	*485*
	鏡	4	51	*486*
	競	4	51	*487*
	境	5	69	*680*
	供	6	86	*850*
	胸	6	86	*851*
	郷	6	86	*852*
	凶	7	107	*1068*
	叫	7	107	*1069*
	狂	7	107	*1070*
	況	7	107	*1071*
	狭	7	107	*1072*
	恐	7	107	*1073*
	響	7	107	*1074*
	驚	7	107	*1075*
	峡	8	134	*1375*
	脅	8	134	*1376*
	享	9	160	*1659*
	挟	9	160	*1660*
	恭	9	160	*1661*
	矯	9	160	*1662*
ギョウ	業	3	33	*278*
	仰	7	107	*1076*
	凝	8	134	*1377*
ギョウ	暁	9	160	*1663*
キョク	曲	3	33	*279*
	局	3	33	*280*
	極	4	51	*488*
ギョク	玉	1	7	*15*
きらう	嫌	9	161	*1677*
きり	霧	7	125	*1286*
きる	切	2	21	*173*
	着	3	40	*364*
	斬	9	192	*2017*
きわ	際	5	71	*710*
きわめる	究	3	32	*271*
	極	4	51	*488*
	窮	9	160	*1657*
キン	金	1	7	*16*
	近	2	16	*113*
	均	5	69	*681*
	禁	5	69	*682*
	勤	6	86	*853*
	筋	6	86	*854*
	斤	8	134	*1378*
	緊	8	134	*1379*
	菌	9	160	*1664*
	琴	9	160	*1665*
	慎	9	160	*1666*
	襟	9	160	*1667*
	巾	9	189	*1983*
	僅	9	189	*1984*
	錦	9	189	*1985*
ギン	銀	3	33	*281*
	吟	9	161	*1668*

く

ク	区	3	33	*282*
	苦	3	33	*283*
	句	5	69	*683*
	駆	7	107	*1077*
グ	具	3	33	*284*
	愚	8	134	*1380*
	惧	9	189	*1986*
クウ	空	1	7	*17*
グウ	偶	8	134	*1381*
	遇	8	134	*1382*
	隅	9	161	*1669*
くき	茎	9	161	*1672*
くさ	草	1	10	*53*
くさい	臭	9	165	*1724*
くさり	鎖	7	110	*1109*
くさる	腐	7	122	*1258*
くし	串	9	189	*1987*
くじら	鯨	8	135	*1390*
くず	葛	9	188	*1972*
くずす	崩	8	149	*1561*
くすり	薬	3	44	*420*
くせ	癖	8	149	*1552*
くだ	管	4	50	*466*
くだく	砕	9	163	*1702*
くち	口	1	7	*22*
くちびる	唇	9	169	*1765*
くちる	朽	7	106	*1063*
クツ	屈	7	107	*1078*
	掘	7	108	*1079*
	窟	9	189	*1988*
くつ	靴	9	157	*1621*
くに	国	2	18	*136*
くばる	配	3	42	*388*
くび	首	2	20	*155*
くま	熊	9	190	*1989*
くみ	組	2	22	*178*
くむ	酌	9	165	*1719*
くも	雲	2	14	*83*
くもり	曇	7	120	*1225*
くやしい	悔	8	131	*1341*
くら	倉	4	57	*559*
	蔵	6	93	*936*
くらい	暗	3	30	*243*
くらい	位	4	48	*445*
くらす	暮	6	97	*982*
くらべる	比	5	78	*792*
くる	来	2	27	*237*
	繰	7	108	*1080*
くるう	狂	7	107	*1070*
くるしい	苦	3	33	*283*
くるま	車	1	8	*33*
くろ	黒	2	18	*137*
くわ	桑	8	143	*1482*
くわえる	加	4	49	*453*
くわしい	詳	7	113	*1146*
くわだてる	企	8	133	*1360*
クン	君	3	33	*285*
	訓	4	52	*489*
	勲	9	161	*1670*
	薫	9	161	*1671*
グン	軍	4	52	*490*

ケン	券	5	69	*688*
	険	5	70	*689*
	検	5	70	*690*
	絹	6	86	*861*
	権	6	87	*862*
	憲	6	87	*863*
	肩	7	108	*1086*
	兼	7	108	*1087*
	剣	7	108	*1088*
	軒	7	108	*1089*
	圏	7	108	*1090*
	堅	7	109	*1091*
	遣	7	109	*1092*
	倹	8	135	*1391*
	賢	8	135	*1392*
	嫌	9	161	*1677*
	献	9	161	*1678*
	謙	9	161	*1679*
	繭	9	162	*1680*
	顕	9	162	*1681*
	懸	9	162	*1682*
	拳	9	190	*1995*
	鍵	9	190	*1996*
ゲン	元	2	17	*117*
	言	2	17	*118*
	原	2	17	*119*
	限	5	70	*691*
	現	5	70	*692*
	減	5	70	*693*
	源	6	87	*864*
	厳	6	87	*865*
ゲン	玄	7	109	*1093*
	幻	8	135	*1393*
	弦	9	162	*1683*
	舷	9	190	*1997*
	こ			
コ	戸	2	17	*120*
	古	2	17	*121*
	庫	3	34	*292*
	湖	3	34	*293*
	固	4	53	*501*
	故	5	70	*694*
	個	5	70	*695*
	己	6	87	*866*
	呼	6	87	*867*
	枯	7	109	*1094*
	誇	7	109	*1095*
	鼓	7	109	*1096*
	孤	8	135	*1394*
	弧	8	136	*1395*
	雇	8	136	*1396*
	顧	8	136	*1397*
	股	9	190	*1998*
	虎	9	190	*1999*
	錮	9	190	*2000*
こ	子	1	8	*27*
ゴ	五	1	7	*21*
	午	2	17	*122*
	後	2	17	*123*
	語	2	17	*124*
	護	5	70	*696*
	誤	6	87	*868*

ゴ	互	7	109	*1097*
	娯	8	136	*1398*
	悟	8	136	*1399*
	呉	9	162	*1684*
	碁	9	162	*1685*
こい	濃	7	120	*1228*
こい	恋	7	127	*1318*
コウ	口	1	7	*22*
	校	1	7	*23*
	工	2	17	*125*
	公	2	17	*126*
	広	2	17	*127*
	交	2	17	*128*
	光	2	18	*129*
	考	2	18	*130*
	行	2	18	*131*
	高	2	18	*132*
	黄	2	18	*133*
	向	3	34	*294*
	幸	3	34	*295*
	港	3	34	*296*
	功	4	53	*502*
	好	4	53	*503*
	候	4	53	*504*
	航	4	53	*505*
	康	4	53	*506*
	効	5	70	*697*
	厚	5	70	*698*
	耕	5	70	*699*
	鉱	5	70	*700*
	構	5	71	*701*
コウ	興	5	71	*702*
	講	5	71	*703*
	后	6	87	*869*
	孝	6	87	*870*
	皇	6	87	*871*
	紅	6	87	*872*
	降	6	87	*873*
	鋼	6	88	*874*
	抗	7	109	*1098*
	攻	7	109	*1099*
	更	7	109	*1100*
	恒	7	109	*1101*
	荒	7	109	*1102*
	香	7	110	*1103*
	項	7	110	*1104*
	稿	7	110	*1105*
	孔	8	136	*1400*
	巧	8	136	*1401*
	甲	8	136	*1402*
	坑	8	136	*1402*
	拘	8	136	*1403*
	郊	8	136	*1405*
	控	8	136	*1406*
	慌	8	137	*1407*
	硬	8	137	*1408*
	絞	8	137	*1409*
	綱	8	137	*1410*
	酵	8	137	*1411*
	江	9	162	*1686*
	肯	9	162	*1687*
	侯	9	162	*1688*

コウ	洪	9	162	*1689*
	貢	9	162	*1690*
	溝	9	162	*1691*
	衡	9	163	*1692*
	購	9	163	*1693*
	勾	9	191	*2001*
	梗	9	191	*2002*
	喉	9	191	*2003*
こう	乞	9	191	*2004*
ゴウ	合	2	18	*134*
	号	3	34	*297*
	豪	7	110	*1106*
	拷	9	163	*1694*
	剛	9	163	*1695*
	傲	9	191	*2005*
こうむる	被	7	122	*1247*
こえ	声	2	21	*170*
こえる	肥	5	78	*793*
	超	8	145	*1510*
こおり	氷	3	43	*401*
こおる	凍	8	146	*1521*
こがす	焦	8	140	*1446*
コク	谷	2	18	*135*
	国	2	18	*136*
	黒	2	18	*137*
	告	4	53	*507*
	刻	6	88	*875*
	穀	6	88	*876*
	克	8	137	*1412*
	酷	9	163	*1696*
ゴク	獄	8	137	*1413*
ここのつ	九	1	7	*13*
こころ	心	2	20	*164*
こころざし	志	5	72	*718*
こころみる	試	4	55	*525*
こころよい	快	5	67	*661*
こし	腰	7	126	*1298*
こす	越	7	103	*1022*
こたえ	答	2	24	*202*
こたえる	応	5	66	*651*
コツ	骨	6	88	*877*
こと	事	3	35	*309*
	異	6	84	*826*
	琴	9	160	*1665*
ことぶき	寿	8	139	*1437*
ことわる	断	5	77	*773*
こな	粉	4	61	*605*
こばむ	拒	9	160	*1658*
こぶし	拳	9	190	*1995*
こま	駒	9	191	*2006*
こまる	困	6	88	*878*
こむ	混	5	71	*704*
	込	7	110	*1107*
こめ	米	2	25	*220*
こもる	籠	9	202	*2134*
こよみ	暦	7	127	*1315*
こりる	懲	9	173	*1823*
こる	凝	8	134	*1377*
ころ	頃	9	191	*2007*
ころす	殺	4	54	*515*
ころぶ	転	3	41	*375*
ころも	衣	4	48	*444*

こわい	怖	7	122	*1255*
こわす	壊	7	104	*1038*
コン	今	2	18	*138*
	根	3	34	*298*
	混	5	71	*704*
	困	6	88	*878*
	婚	7	110	*1108*
	恨	8	137	*1414*
	紺	8	137	*1415*
	魂	8	137	*1416*
	墾	8	137	*1417*
	昆	9	180	*1697*
	懇	9	180	*1698*
	痕	9	191	*2008*

さ

サ	左	1	7	*24*
	差	4	53	*508*
	査	5	71	*705*
	砂	6	88	*879*
	鎖	7	110	*1109*
	佐	9	163	*1699*
	唆	9	163	*1700*
	詐	9	163	*1701*
	沙	9	191	*2009*
ザ	座	6	88	*880*
	挫	9	191	*2010*
サイ	才	2	18	*139*
	細	2	18	*140*
	祭	3	34	*299*
	菜	4	53	*509*
	最	4	53	*510*
サイ	再	5	71	*706*
	災	5	71	*707*
	妻	5	71	*708*
	採	5	71	*709*
	際	5	71	*710*
	済	6	88	*881*
	裁	6	88	*882*
	彩	7	110	*1110*
	歳	7	110	*1111*
	載	7	110	*1112*
	債	8	137	*1418*
	催	8	138	*1419*
	宰	9	163	*1703*
	栽	9	164	*1704*
	斎	9	164	*1705*
	采	9	191	*2011*
	塞	9	191	*2012*
さい	埼	9	192	*2013*
ザイ	材	4	53	*511*
	在	5	71	*711*
	財	5	71	*712*
	罪	5	72	*713*
	剤	7	110	*1113*
さえぎる	遮	9	165	*1717*
さか	坂	3	42	*394*
	阪	9	198	*2093*
さかい	境	5	69	*680*
さかえる	栄	4	48	*450*
さがす	探	6	93	*942*
	捜	9	172	*1799*
さかずき	杯	7	120	*1229*

さかな	魚	2	16	*109*
さかのぼる	遡	9	194	*2047*
さからう	逆	5	68	*675*
さき	先	1	10	*51*
	崎	9	164	*1706*
サク	作	2	19	*141*
	昨	4	53	*512*
	策	6	88	*883*
	削	8	138	*1420*
	搾	8	138	*1421*
	錯	8	138	*1422*
	砕	9	163	*1702*
	索	9	164	*1707*
	酢	9	164	*1708*
	柵	9	192	*2014*
さく	咲	7	110	*1114*
	裂	8	153	*1599*
さくら	桜	5	67	*653*
さけ	酒	3	36	*318*
さげすむ	蔑	9	199	*2103*
さけぶ	叫	7	107	*1069*
さける	避	7	122	*1248*
さげる	提	5	77	*776*
ささえる	支	5	72	*717*
さす	差	4	53	*508*
	刺	7	111	*1118*
	挿	9	172	*1800*
さずける	授	5	73	*729*
さそう	誘	8	151	*1581*
さだめる	定	3	40	*371*
サツ	札	4	54	*513*
サツ	刷	4	54	*514*
	殺	4	54	*515*
	察	4	54	*516*
	冊	6	88	*884*
	撮	8	138	*1423*
	擦	8	138	*1424*
	拶	9	192	*2016*
ザツ	雑	5	72	*714*
さと	里	2	27	*238*
さとす	諭	9	181	*1914*
さとる	悟	8	136	*1399*
さばく	裁	6	88	*882*
さま	様	3	45	*430*
さまたげる	妨	8	150	*1565*
さみしい	寂	7	112	*1127*
さむい	寒	3	31	*263*
さむらい	侍	8	138	*1429*
さら	皿	3	34	*300*
	更	7	97	*1100*
さる	去	3	32	*276*
さる	猿	9	156	*1615*
さわ	沢	7	116	*1180*
さわぐ	騒	7	115	*1174*
さわやか	爽	9	195	*2049*
さわる	障	6	91	*913*
サン	三	1	8	*25*
	山	1	8	*26*
	算	2	19	*142*
	参	4	54	*517*
	産	4	54	*518*
	散	4	54	*519*

サン	酸	5	72	*715*
	賛	5	72	*716*
	蚕	6	88	*885*
	惨	7	111	*1115*
	桟	9	164	*1709*
	傘	9	164	*1710*
ザン	残	4	54	*520*
	暫	8	138	*1425*
	斬	9	192	*2017*

し

シ	子	1	8	*27*
	四	1	8	*28*
	糸	1	8	*29*
	止	2	19	*143*
	市	2	19	*144*
	矢	2	19	*145*
	姉	2	19	*146*
	思	2	19	*147*
	紙	2	19	*148*
	仕	3	35	*301*
	死	3	35	*302*
	使	3	35	*303*
	始	3	35	*304*
	指	3	35	*305*
	歯	3	35	*306*
	詩	3	35	*307*
	士	4	54	*521*
	氏	4	54	*522*
	史	4	54	*523*
	司	4	54	*524*
	試	4	55	*525*
シ	志	5	72	*718*
	枝	5	72	*719*
	師	5	72	*720*
	資	5	72	*721*
	飼	5	72	*722*
	至	6	89	*886*
	私	6	89	*887*
	姿	6	89	*888*
	視	6	89	*889*
	詞	6	89	*890*
	誌	6	89	*891*
	旨	7	111	*1116*
	伺	7	111	*1117*
	刺	7	111	*1118*
	脂	7	111	*1119*
	紫	7	111	*1120*
	雌	7	111	*1121*
	祉	8	138	*1426*
	施	8	138	*1427*
	諮	8	138	*1428*
	肢	9	164	*1711*
	嗣	9	164	*1712*
	賜	9	164	*1713*
	恣	9	192	*2018*
	摯	9	192	*2019*
ジ	字	1	8	*30*
	耳	1	8	*31*
	寺	2	19	*149*
	自	2	19	*150*
	時	2	19	*151*
	次	3	35	*308*

ジ	事	3	35	*309*
	持	3	35	*310*
	児	4	55	*526*
	治	4	55	*527*
	辞	4	55	*528*
	示	5	72	*723*
	似	5	72	*724*
	磁	6	89	*892*
	侍	8	138	*1429*
	慈	8	138	*1430*
	滋	9	164	*1714*
	璽	9	164	*1715*
	餌	9	192	*2020*
じ	路	3	46	*430*
しあわせ	幸	3	34	*295*
しいたげる	虐	8	134	*1373*
しお	塩	4	48	*451*
	潮	6	94	*952*
しか	鹿	9	192	*2021*
しかる	叱	9	192	*2022*
シキ	式	3	35	*311*
	識	5	73	*725*
	織	5	74	*742*
しく	敷	7	123	*1259*
ジク	軸	8	139	*1431*
しげる	茂	7	125	*1288*
しずか	静	4	56	*548*
しずく	滴	7	118	*1202*
しずまる	鎮	8	145	*1513*
しずむ	沈	7	117	*1197*
した	下	1	6	*7*
した	舌	5	75	*755*
したう	慕	8	149	*1554*
したがう	従	6	90	*902*
シチ	七	1	8	*32*
シツ	室	2	19	*152*
	失	4	55	*529*
	支	5	72	*717*
	質	5	73	*726*
	執	7	111	*1122*
	疾	8	139	*1432*
	湿	8	139	*1433*
	漆	9	165	*1716*
	叱	9	192	*2022*
	嫉	9	192	*2023*
ジツ	実	3	35	*312*
しな	品	3	43	*405*
しぬ	死	3	35	*302*
しのぶ	忍	9	176	*1854*
しば	芝	7	111	*1123*
しばる	縛	8	147	*1532*
しぶ	渋	9	166	*1730*
しぼる	絞	8	137	*1409*
	搾	8	138	*1421*
しま	島	3	41	*380*
しまる	締	8	146	*1517*
しめす	示	5	72	*723*
しめる	占	7	115	*1168*
しめる	湿	8	139	*1433*
しも	霜	9	172	*1804*
シャ	車	1	8	*33*
	社	2	20	*153*

シャ	写	3	36	*313*
	者	3	36	*314*
	舎	5	73	*727*
	謝	5	73	*728*
	射	6	89	*893*
	捨	6	89	*894*
	斜	7	111	*1124*
	煮	7	111	*1125*
	遮	9	165	*1717*
ジャ	邪	8	139	*1435*
	蛇	9	165	*1718*
シャク	昔	3	38	*346*
	借	4	55	*530*
	尺	6	89	*895*
	釈	7	111	*1126*
	寂	7	112	*1127*
	赦	8	139	*1434*
	酌	9	165	*1719*
	爵	9	165	*1720*
ジャク	弱	2	20	*154*
	若	6	89	*896*
シュ	手	1	8	*34*
	首	2	20	*155*
	主	3	36	*315*
	守	3	36	*316*
	取	3	36	*317*
	酒	3	36	*318*
	種	4	55	*531*
	朱	7	112	*1128*
	狩	7	112	*1129*
	趣	7	112	*1130*
シュ	殊	8	139	*1436*
	珠	9	165	*1721*
	腫	9	192	*2024*
	受	3	36	*319*
	授	5	73	*729*
ジュ	樹	6	89	*897*
	寿	8	139	*1437*
	儒	9	165	*1722*
	呪	9	193	*2025*
シュウ	秋	2	20	*156*
	週	2	20	*157*
	州	3	36	*320*
	拾	3	36	*321*
	終	3	36	*322*
	習	3	36	*323*
	集	3	36	*324*
	周	4	55	*532*
	修	5	73	*730*
	収	6	90	*898*
	宗	6	90	*899*
	就	6	90	*900*
	衆	6	90	*901*
	舟	7	112	*1132*
	秀	7	112	*1133*
	襲	7	112	*1134*
	囚	9	165	*1723*
	臭	9	165	*1724*
	愁	9	165	*1725*
	酬	9	165	*1726*
	醜	9	165	*1727*
	袖	9	193	*2026*

シュウ	羞	9	193	*2027*
	蹴	9	193	*2028*
	憧	9	193	*2029*
ジュウ	十	1	8	*35*
	住	3	37	*325*
	重	3	37	*326*
	従	6	90	*902*
	縦	6	90	*903*
	柔	7	113	*1135*
	獣	7	113	*1136*
	汁	9	166	*1728*
	充	9	166	*1729*
	渋	9	166	*1730*
	銃	9	166	*1731*
シュク	宿	3	37	*327*
	祝	4	55	*533*
	縮	6	90	*904*
	叔	9	166	*1732*
	淑	9	166	*1733*
	粛	9	166	*1734*
ジュク	熟	6	90	*905*
	塾	9	166	*1735*
シュツ	出	1	8	*36*
	述	5	73	*731*
	術	5	73	*732*
シュン	春	2	20	*158*
	瞬	7	112	*1137*
	俊	9	166	*1736*
ジュン	順	4	55	*534*
	準	5	73	*733*
	純	6	90	*906*
ジュン	需	7	112	*1131*
	旬	7	112	*1138*
	巡	7	113	*1139*
	盾	7	113	*1140*
	潤	8	139	*1438*
	遵	8	139	*1439*
	准	9	166	*1737*
	殉	9	166	*1738*
	循	9	166	*1739*
ショ	書	2	20	*159*
	所	3	37	*328*
	暑	3	37	*329*
	初	4	55	*535*
	処	6	90	*907*
	署	6	90	*908*
	諸	6	90	*909*
	庶	9	167	*1740*
	緒	9	167	*1741*
ジョ	女	1	9	*37*
	助	3	37	*330*
	序	5	73	*734*
	除	6	91	*910*
	如	8	139	*1440*
	徐	8	139	*1441*
	叙	9	167	*1742*
ショウ	小	1	9	*38*
	少	2	20	*160*
	昭	3	37	*331*
	消	3	37	*332*
	商	3	37	*333*
	章	3	37	*334*

ショウ	勝	3	37	*335*
	松	4	55	*536*
	笑	4	56	*537*
	唱	4	56	*538*
	焼	4	56	*539*
	象	4	56	*540*
	照	4	56	*541*
	賞	4	56	*542*
	招	5	73	*735*
	承	5	73	*736*
	証	5	74	*737*
	将	6	91	*911*
	傷	6	91	*912*
	障	6	91	*913*
	召	7	113	*1141*
	床	7	113	*1142*
	沼	7	113	*1143*
	称	7	113	*1144*
	紹	7	113	*1145*
	詳	7	113	*1146*
	井	7	115	*1164*
	匠	8	139	*1442*
	昇	8	140	*1443*
	掌	8	140	*1444*
	晶	8	140	*1445*
	焦	8	140	*1446*
	衝	8	140	*1447*
	鐘	8	140	*1448*
	升	9	167	*1743*
	抄	9	167	*1744*
	肖	9	167	*1745*
ショウ	尚	9	167	*1746*
	症	9	167	*1748*
	祥	9	167	*1749*
	渉	9	167	*1750*
	訟	9	167	*1751*
	硝	9	168	*1752*
	粧	9	168	*1753*
	詔	9	168	*1754*
	奨	9	168	*1755*
	彰	9	168	*1756*
	償	9	168	*1757*
	礁	9	168	*1758*
ジョウ	上	1	9	*39*
	場	2	20	*161*
	乗	3	37	*336*
	条	5	74	*738*
	状	5	74	*739*
	常	5	74	*740*
	情	5	74	*741*
	城	6	91	*914*
	蒸	6	91	*915*
	丈	7	113	*1147*
	畳	7	113	*1148*
	冗	8	140	*1449*
	嬢	8	140	*1450*
	錠	8	140	*1451*
	譲	8	140	*1452*
	浄	9	168	*1759*
	剰	9	168	*1760*
	縄	9	168	*1761*
	壌	9	168	*1762*

ジョウ	醸	9	168	*1763*
ショク	色	2	20	*162*
	食	2	20	*163*
	植	3	38	*337*
	職	5	74	*743*
	殖	7	113	*1149*
	飾	7	113	*1150*
	触	7	114	*1151*
	嘱	8	140	*1453*
	拭	9	193	*2030*
ジョク	辱	8	140	*1454*
しらべる	調	3	40	*369*
しり	尻	9	193	*2031*
しりぞく	退	5	76	*769*
しる	知	2	22	*186*
しる	汁	9	166	*1728*
しるし	印	4	48	*448*
しるす	記	2	16	*105*
しろ	白	1	11	*69*
	城	6	91	*914*
シン	森	1	9	*40*
	心	2	20	*164*
	新	2	21	*165*
	親	2	21	*166*
	申	3	38	*338*
	身	3	38	*339*
	神	3	38	*340*
	真	3	38	*341*
	深	3	38	*342*
	進	3	38	*343*
	臣	4	56	*543*
シン	信	4	56	*544*
	針	6	91	*916*
	侵	7	114	*1152*
	振	7	114	*1153*
	浸	7	114	*1154*
	寝	7	114	*1155*
	慎	7	114	*1156*
	震	7	114	*1157*
	薪	7	114	*1158*
	伸	8	141	*1455*
	辛	8	141	*1456*
	審	8	141	*1457*
	津	9	169	*1764*
	唇	9	169	*1765*
	娠	9	169	*1766*
	紳	9	169	*1767*
	診	9	169	*1768*
	芯	9	139	*2032*
ジン	人	1	9	*41*
	仁	6	91	*917*
	尽	7	114	*1159*
	陣	7	114	*1160*
	尋	7	114	*1161*
	刃	9	169	*1769*
	迅	9	169	*1770*
	甚	9	169	*1771*
	腎	9	193	*2033*

す

ス	須	9	193	*2034*
す	州	3	36	*320*
	巣	4	57	*560*

す	酢	9	164	*1708*
ズ	図	2	21	*167*
スイ	水	1	9	*42*
	垂	6	91	*918*
	推	6	91	*919*
	吹	7	114	*1162*
	炊	8	141	*1458*
	粋	8	141	*1459*
	衰	8	141	*1460*
	酔	8	141	*1461*
	遂	8	141	*1462*
	穂	8	141	*1463*
	帥	9	169	*1772*
	睡	9	169	*1773*
すい	酸	5	72	*715*
ズイ	随	8	141	*1464*
	髄	8	141	*1465*
スウ	数	2	21	*168*
	枢	9	169	*1774*
	崇	9	169	*1775*
すう	吸	6	85	*849*
すえ	末	4	44	*615*
すがた	姿	6	89	*888*
すき	好	4	53	*503*
すき	隙	9	190	*1993*
すぎ	杉	9	170	*1777*
すぎる	過	5	67	*659*
すく	透	7	119	*1215*
すくう	救	4	51	*480*
すくない	少	2	20	*160*
すこやか	健	4	52	*499*

すじ	筋	6	86	*854*
すず	鈴	9	183	*1938*
すずしい	涼	9	182	*1931*
すすむ	進	3	38	*343*
すすめる	勧	7	105	*1045*
すそ	裾	9	193	*2035*
すたる	廃	9	176	*1858*
すでに	既	8	133	*1364*
すてる	捨	6	89	*894*
すな	砂	6	88	*879*
すべて	全	3	38	*347*
すべる	統	5	77	*780*
すべる	滑	8	132	*1351*
すみ	炭	3	40	*361*
	墨	8	150	*1570*
	隅	9	161	*1669*
すむ	住	3	37	*325*
	済	6	88	*881*
すむ	澄	7	117	*1196*
する	刷	4	54	*514*
	擦	8	138	*1424*
するどい	鋭	7	103	*1021*
すわる	据	9	170	*1776*
すわる	座	6	88	*880*
スン	寸	6	91	*920*

せ

せ	背	6	95	*967*
	瀬	8	141	*1466*
ゼ	是	7	115	*1163*
セイ	正	1	9	*43*
	生	1	9	*44*

セイ	青	1	9	*45*
	西	2	21	*169*
	声	2	21	*170*
	星	2	21	*171*
	晴	2	21	*172*
	世	3	38	*344*
	整	3	38	*345*
	成	4	56	*545*
	省	4	56	*546*
	清	4	56	*547*
	静	4	56	*548*
	制	5	74	*744*
	性	5	74	*745*
	政	5	74	*746*
	勢	5	74	*747*
	精	5	74	*748*
	製	5	75	*749*
	盛	6	91	*921*
	聖	6	92	*922*
	誠	6	92	*923*
	姓	7	115	*1165*
	征	7	115	*1166*
	牲	8	142	*1467*
	婿	8	142	*1468*
	請	8	142	*1469*
	斉	9	170	*1779*
	逝	9	170	*1780*
	誓	9	170	*1781*
	凄	9	193	*2036*
	醒	9	193	*2037*
ゼイ	税	5	75	*750*
セキ	夕	1	9	*46*
	石	1	9	*47*
	赤	1	9	*48*
	席	4	57	*549*
	積	4	57	*550*
	責	5	75	*751*
	績	5	75	*752*
	跡	7	115	*1167*
	斥	8	142	*1470*
	隻	8	142	*1471*
	惜	8	142	*1472*
	籍	8	142	*1473*
	析	9	170	*1782*
	脊	9	194	*2038*
	戚	9	194	*2039*
せき	関	4	50	*467*
セツ	切	2	21	*173*
	雪	2	21	*174*
	折	4	57	*551*
	節	4	57	*552*
	説	4	57	*553*
	接	5	75	*753*
	設	5	75	*754*
	絶	5	75	*756*
	摂	8	142	*1474*
	拙	9	170	*1783*
	窃	9	170	*1784*
	刹	9	192	*2015*
ゼツ	舌	5	75	*755*
ぜに	銭	5	75	*757*
せまい	狭	7	103	*1072*

せまる	迫	7	120	*1233*
せめる	責	5	75	*751*
	攻	7	109	*1099*
セン	千	1	10	*49*
	川	1	10	*50*
	先	1	10	*51*
	船	2	21	*175*
	線	2	21	*176*
	浅	4	57	*554*
	戦	4	57	*555*
	選	4	57	*556*
	銭	5	75	*757*
	宣	6	92	*924*
	専	6	92	*925*
	泉	6	92	*926*
	洗	6	92	*927*
	染	6	92	*928*
	占	7	115	*1168*
	扇	7	115	*1169*
	鮮	7	115	*1170*
	潜	8	142	*1475*
	仙	9	170	*1785*
	栓	9	170	*1786*
	旋	9	170	*1787*
	践	9	171	*1788*
	遷	9	171	*1789*
	薦	9	171	*1790*
	繊	9	171	*1791*
	煎	9	194	*2040*
	羨	9	194	*2041*
	腺	9	194	*2042*
セン	詮	9	194	*2043*
	箋	9	194	*2044*
ゼン	前	2	22	*177*
	全	3	38	*347*
	然	4	57	*557*
	善	6	92	*929*
	繕	8	142	*1476*
	禅	9	171	*1792*
	漸	9	171	*1793*
	膳	9	194	*2045*

そ

ソ	組	2	22	*178*
	祖	5	75	*758*
	素	5	75	*759*
	訴	7	115	*1171*
	阻	8	142	*1477*
	措	8	142	*1478*
	粗	8	143	*1479*
	礎	8	143	*1480*
	租	9	171	*1794*
	疎	9	171	*1795*
	塑	9	171	*1796*
	狙	9	171	*2046*
	遡	9	171	*2047*
ソウ	早	1	10	*52*
	草	1	10	*53*
	走	2	22	*179*
	相	3	38	*348*
	送	3	39	*349*
	想	3	39	*350*
	争	4	57	*558*

ソウ	倉	4	57	*559*
	巣	4	57	*560*
	総	5	75	*760*
	奏	6	92	*930*
	窓	6	92	*931*
	創	6	92	*932*
	装	6	92	*933*
	層	6	93	*934*
	操	6	93	*935*
	僧	7	115	*1172*
	燥	7	115	*1173*
	騒	7	115	*1174*
	双	8	143	*1481*
	桑	8	143	*1482*
	掃	8	143	*1483*
	葬	8	143	*1484*
	遭	8	143	*1485*
	壮	9	171	*1797*
	荘	9	171	*1798*
	捜	9	171	*1799*
	挿	9	172	*1800*
	曹	9	172	*1801*
	喪	9	172	*1802*
	槽	9	172	*1803*
	霜	9	172	*1804*
	藻	9	172	*1805*
	曽	9	194	*2048*
	爽	9	195	*2049*
	痩	9	195	*2050*
	踪	9	195	*2051*
そう	沿	6	84	*832*
ゾウ	造	5	76	*761*
	像	5	76	*762*
	増	5	76	*763*
	蔵	6	93	*936*
	臓	6	93	*937*
	贈	7	116	*1175*
	憎	8	143	*1486*
そえる	添	7	118	*1203*
ソク	足	1	10	*54*
	息	3	39	*351*
	速	3	39	*352*
	束	4	58	*561*
	側	4	58	*562*
	則	5	76	*764*
	測	5	76	*765*
	即	7	116	*1176*
	促	8	143	*1487*
	捉	9	195	*2052*
ゾク	族	3	39	*353*
	続	4	58	*563*
	属	5	76	*766*
	俗	7	116	*1177*
	賊	8	143	*1488*
そこ	底	4	59	*576*
そこなう	損	5	76	*768*
そそぐ	注	3	40	*365*
そそのかす	唆	9	163	*1700*
そだつ	育	3	30	*247*
ソツ	卒	4	58	*564*
	率	5	76	*767*
そで	袖	9	193	*2026*

そと	外	2	15	*96*
そなえる	備	5	78	*795*
	供	6	86	*850*
その	園	2	14	*84*
そめる	染	6	92	*928*
そら	空	1	7	*17*
そる	反	3	42	*393*
ソン	村	1	10	*55*
	孫	4	58	*565*
	損	5	76	*768*
	存	6	93	*938*
	尊	6	93	*939*
	遜	9	195	*2053*

た

タ	多	2	22	*180*
	他	3	39	*354*
	汰	9	195	*2054*
た	田	1	11	*63*
ダ	打	3	39	*355*
	妥	9	172	*1806*
	堕	9	172	*1807*
	惰	9	172	*1808*
	駄	9	172	*1809*
	唾	9	195	*2055*
タイ	太	2	22	*181*
	体	2	22	*182*
	対	3	39	*356*
	待	3	39	*357*
	帯	4	58	*566*
	隊	4	58	*567*
	退	5	76	*769*
タイ	貸	5	76	*770*
	態	5	76	*771*
	耐	7	116	*1178*
	替	7	116	*1179*
	怠	8	143	*1489*
	胎	8	143	*1490*
	袋	8	144	*1491*
	逮	8	144	*1492*
	滞	8	144	*1493*
	泰	9	175	*1810*
	堆	9	195	*2056*
	戴	9	195	*2057*
ダイ	大	1	10	*56*
	台	2	22	*183*
	弟	2	23	*194*
	代	3	39	*358*
	第	3	39	*359*
	題	3	39	*360*
たいら	平	3	44	*411*
たえる	絶	5	75	*756*
	耐	7	116	*1178*
	堪	9	158	*1643*
たおす	倒	7	119	*1212*
たかい	高	2	18	*132*
たがい	互	7	109	*1097*
たがやす	耕	5	70	*699*
たから	宝	6	97	*983*
たき	滝	8	144	*1494*
たきぎ	薪	7	114	*1158*
タク	宅	6	93	*940*
	沢	7	116	*1180*

タク	拓	7	116	1181
	択	8	144	1495
	卓	8	144	1496
	託	8	144	1497
たく	炊	8	141	1458
ダク	濁	7	116	1182
	諾	8	144	1498
	奪	8	144	1499
	濯	9	172	1811
だく	抱	7	123	1270
たぐい	類	4	63	632
たくみ	巧	8	136	1401
たくわえる	蓄	7	117	1192
たけ	竹	1	10	58
	丈	7	113	1147
	岳	8	132	1349
たしか	確	5	67	664
たすける	助	3	37	330
たずさえる	携	8	135	1387
たずねる	訪	6	97	984
	尋	7	114	1161
たたかう	戦	4	57	555
	闘	7	119	1220
ただし	但	9	173	1812
ただしい	正	1	9	43
たたみ	畳	7	113	1148
ただよう	漂	8	148	1543
たつ	立	1	12	77
タツ	達	4	58	568
たつ	竜	9	182	1928
ダツ	脱	7	116	1183
たて	縦	6	90	903
	盾	7	113	1140
たてまつる	奉	8	149	1558
たてる	建	4	52	498
たとえる	例	4	64	635
たな	棚	9	173	1813
たに	谷	2	18	135
たね	種	4	55	531
たのしい	楽	2	15	98
たのむ	頼	7	126	1303
たば	束	4	58	561
たび	度	3	41	377
	旅	3	46	433
たべる	食	2	20	163
たま	玉	1	7	15
	珠	3	32	275
	霊	8	152	1598
たまご	卵	6	98	1000
たましい	魂	8	137	1416
だまる	黙	7	125	1291
たまわる	賜	9	164	1713
たみ	民	4	62	619
ためる	矯	9	160	1662
たもつ	保	5	79	808
たより	便	4	62	610
だれ	誰	9	195	2058
たれる	垂	6	91	918
たわむれる	戯	7	106	1057
たわら	俵	5	78	796
タン	炭	3	40	361
	短	3	40	362

タン	単	4	58	*569*
	担	6	93	*941*
	探	6	93	*942*
	誕	6	93	*943*
	丹	7	116	*1184*
	淡	7	116	*1185*
	嘆	7	116	*1186*
	端	7	117	*1187*
	胆	8	144	*1500*
	鍛	8	144	*1501*
	旦	9	195	*2059*
	綻	9	195	*2060*
ダン	男	1	10	*57*
	談	3	40	*363*
	団	5	76	*772*
	断	5	77	*773*
	段	6	93	*944*
	暖	6	93	*945*
	弾	7	117	*1188*
	壇	8	144	*1502*

ち

チ	地	2	22	*184*
	池	2	22	*185*
	知	2	22	*186*
	置	4	58	*570*
	値	6	94	*946*
	恥	7	117	*1189*
	致	7	117	*1190*
	遅	7	117	*1191*
	稚	8	145	*1503*
	痴	9	173	*1814*
チ	緻	9	196	*2061*
ち	千	1	10	*49*
	血	3	33	*288*
ちいさい	小	1	9	*38*
ちかい	近	2	16	*113*
ちかう	誓	9	170	*1781*
ちがう	違	7	102	*1013*
ちから	力	1	12	*78*
チク	竹	1	10	*58*
	築	5	77	*774*
	蓄	7	117	*1192*
	畜	8	145	*1504*
	逐	9	173	*1815*
ちち	父	2	25	*216*
	乳	6	95	*961*
ちぢむ	縮	6	90	*904*
チツ	窒	8	145	*1505*
	秩	9	173	*1816*
チャ	茶	2	22	*187*
チャク	着	3	40	*364*
	嫡	9	173	*1817*
チュウ	中	1	10	*59*
	虫	1	10	*60*
	昼	2	22	*188*
	注	3	40	*365*
	柱	3	40	*366*
	仲	4	58	*571*
	宙	6	94	*947*
	忠	6	94	*948*
	沖	7	117	*1193*
	抽	8	145	*1506*

チュウ	鋳	8	145	*1507*
	駐	8	145	*1508*
	衷	9	173	*1818*
	弔	9	173	*1819*
	酎	9	196	*2062*
チョ	貯	4	58	*572*
	著	6	94	*949*
チョウ	町	1	11	*61*
	長	2	23	*189*
	鳥	2	23	*190*
	朝	2	23	*191*
	丁	3	40	*367*
	帳	3	40	*368*
	調	3	40	*369*
	兆	4	59	*573*
	腸	4	59	*574*
	張	5	77	*775*
	庁	6	94	*950*
	頂	6	94	*951*
	潮	6	94	*952*
	跳	7	117	*1194*
	徴	7	117	*1195*
	澄	7	117	*1196*
	彫	8	145	*1509*
	超	8	145	*1510*
	聴	8	145	*1511*
	挑	9	173	*1820*
	眺	9	173	*1821*
	釣	9	173	*1822*
	懲	9	173	*1823*
	貼	9	196	*2063*
チョウ	嘲	9	196	*2064*
チョク	直	2	23	*192*
	勅	9	174	*1824*
	捗	9	196	*2065*
ちる	散	4	54	*519*
チン	賃	6	94	*953*
	沈	7	11	*1197*
	珍	7	117	*1198*
	陳	8	145	*1512*
	鎮	8	145	*1513*
	朕	9	174	*1825*

つ

つ	津	9	169	*1764*
ツイ	追	3	40	*370*
	墜	8	145	*1514*
	椎	9	196	*2066*
ついやす	費	4	60	*596*
ツウ	通	2	23	*193*
	痛	6	94	*954*
つか	塚	9	174	*1826*
つかう	使	3	35	*303*
	遣	7	109	*1092*
つかえる	仕	3	35	*301*
つかる	漬	9	174	*1827*
つかれる	疲	7	121	*1246*
つき	月	1	7	*18*
つぎ	次	3	35	*308*
つきる	尽	7	114	*1159*
つく	付	4	61	*602*
	就	6	90	*900*
	突	7	120	*1223*

つぐ	接	5	72	*753*
	継	7	108	*1083*
つくえ	机	6	85	*845*
つぐなう	償	9	168	*1757*
つくる	作	2	19	*141*
	造	5	76	*761*
	創	6	92	*932*
つくろう	繕	8	142	*1476*
つげる	告	4	53	*507*
つたえる	伝	4	59	*580*
つたない	拙	9	170	*1783*
つち	土	1	11	*64*
つちかう	培	9	176	*1859*
つつ	筒	9	175	*1844*
つづく	続	4	58	*563*
つつしむ	慎	7	114	*1156*
	慎	9	160	*1666*
つつみ	堤	7	118	*1200*
つづみ	鼓	7	109	*1096*
つつむ	包	4	62	*611*
つとめる	努	4	59	*582*
	務	5	80	*815*
	勤	6	86	*853*
つな	綱	8	137	*1410*
つね	常	5	74	*740*
つのる	募	8	149	*1553*
つば	唾	9	195	*2055*
つばさ	翼	7	126	*1301*
つぶ	粒	7	127	*1307*
つぶす	潰	9	188	*1965*
つぼ	坪	9	174	*1828*
つま	妻	5	71	*708*
つみ	罪	5	72	*713*
つむ	積	4	57	*550*
	摘	7	118	*1201*
つむぐ	紡	9	180	*1897*
つめ	爪	9	196	*2067*
つめたい	冷	4	64	*634*
つめる	詰	7	106	*1058*
つや	艶	9	187	*1956*
つゆ	露	7	128	*1319*
つよい	強	2	16	*111*
つらなる	連	4	64	*637*
つらぬく	貫	8	132	*1355*
つり	釣	9	173	*1822*
つる	弦	10A	162	*1683*
	鶴	9	196	*2068*
つるぎ	剣	7	108	*1088*

て

て	手	1	8	*34*
テイ	定	3	40	*371*
	庭	3	40	*372*
	低	4	59	*575*
	底	4	59	*576*
	停	4	59	*577*
	提	5	77	*776*
	程	5	77	*777*
	抵	7	118	*1199*
	堤	7	118	*1200*
	帝	8	146	*1515*
	訂	8	146	*1516*
	締	8	146	*1517*

テイ	呈	9	174	*1829*
	廷	9	174	*1830*
	邸	9	174	*1831*
	亭	9	174	*1832*
	貞	9	174	*1833*
	逓	9	174	*1834*
	偵	9	174	*1835*
	艇	9	175	*1836*
	諦	9	196	*2069*
デイ	泥	9	175	*1837*
テキ	笛	3	41	*373*
	的	4	59	*578*
	適	5	77	*778*
	敵	5	77	*779*
	摘	7	118	*1201*
	滴	7	118	*1202*
デキ	溺	9	196	*2070*
テツ	鉄	3	41	*374*
	哲	8	146	*1518*
	迭	9	175	*1838*
	徹	9	175	*1839*
	撤	9	175	*1840*
てら	寺	2	19	*149*
てる	照	4	56	*541*
でる	出	1	8	*36*
テン	天	1	11	*62*
	店	2	23	*195*
	点	2	23	*196*
	転	3	41	*375*
	典	4	59	*579*
	展	6	94	*955*
テン	添	7	118	*1203*
	填	9	196	*2071*
デン	田	1	11	*63*
	電	2	23	*197*
	伝	4	59	*580*
デン	殿	7	118	*1204*

と

ト	都	3	41	*376*
	徒	4	59	*581*
	吐	7	118	*1205*
	途	7	118	*1206*
	渡	7	118	*1207*
	斗	8	146	*1519*
	塗	8	146	*1520*
	妬	9	196	*2072*
	賭	9	197	*2073*
と	戸	2	17	*120*
ド	土	1	11	*64*
	度	3	41	*377*
	努	4	59	*582*
	奴	7	118	*1208*
	怒	7	118	*1209*
トウ	刀	2	23	*198*
	冬	2	23	*199*
	当	2	23	*200*
	東	2	24	*201*
	答	2	24	*202*
	頭	2	24	*203*
	投	3	41	*378*
	豆	3	41	*379*
	島	3	41	*380*

トウ	湯	3	41	*381*
	登	3	41	*382*
	等	3	41	*383*
	灯	4	59	*583*
	統	5	77	*780*
	討	6	94	*956*
	党	6	94	*957*
	糖	6	95	*958*
	到	7	118	*1210*
	逃	7	119	*1211*
	倒	7	119	*1212*
	唐	7	119	*1213*
	桃	7	119	*1214*
	透	7	119	*1215*
	盗	7	119	*1216*
	塔	7	119	*1217*
	稲	7	119	*1218*
	踏	7	119	*1219*
	闘	7	119	*1220*
	凍	8	146	*1521*
	陶	8	146	*1522*
	痘	8	146	*1523*
	悼	9	175	*1841*
	搭	9	175	*1842*
	棟	9	175	*1843*
	筒	9	175	*1844*
	謄	9	175	*1845*
	騰	9	175	*1846*
	藤	9	197	*2074*
とう	問	3	44	*418*
ドウ	同	2	24	*204*
ドウ	道	2	24	*205*
	動	3	41	*384*
	童	3	42	*385*
	堂	4	59	*584*
	働	4	60	*585*
	銅	5	77	*781*
	導	5	77	*782*
	胴	7	119	*1221*
	洞	9	175	*1847*
	瞳	9	197	*2075*
とうげ	峠	7	119	*1222*
とうとい	貴	6	85	*847*
	尊	6	93	*939*
とお	十	1	8	*35*
とおい	遠	2	14	*85*
とおる	通	2	23	*193*
とき	時	2	19	*151*
トク	特	4	60	*586*
	得	4	60	*587*
	徳	5	77	*783*
	匿	8	146	*1524*
	篤	8	146	*1525*
	督	9	176	*1848*
とく	説	4	57	*553*
	解	5	67	*662*
とぐ	研	3	34	*290*
ドク	読	2	24	*206*
	毒	4	60	*588*
	独	5	77	*784*
とける	溶	7	126	*1297*
とげる	遂	8	141	*1462*

とこ	床	7	113	*1142*
ところ	所	3	37	*328*
とし	年	1	11	*68*
とじる	閉	6	96	*979*
とち	栃	9	197	*2076*
トツ	突	7	120	*1223*
	凸	9	176	*1849*
とどく	届	6	95	*959*
とどこおる	滞	8	144	*1493*
ととのえる	整	3	38	*345*
となえる	唱	4	56	*538*
となり	隣	7	127	*1310*
との	殿	7	118	*1204*
とびら	扉	9	178	*1872*
とぶ	飛	4	60	*595*
	跳	7	117	*1194*
とぼしい	乏	8	150	*1564*
とまる	止	2	19	*143*
とみ	富	5	79	*801*
とむらう	弔	9	173	*1819*
とめる	留	5	81	*824*
とも	友	2	26	*234*
	共	4	51	*484*
ともなう	伴	8	147	*1535*
とら	虎	9	190	*1999*
とらえる	捕	7	123	*1268*
とらえる	捉	9	195	*2052*
とり	鳥	2	23	*190*
とる	取	3	36	*317*
	採	5	71	*709*
	執	7	111	*1122*
とる	撮	8	138	*1423*
どろ	泥	10A	175	*1837*
トン	豚	8	146	*1526*
	屯	9	176	*1850*
	頓	9	197	*2077*
ドン	鈍	7	120	*1224*
	曇	7	120	*1225*
	貪	9	197	*2078*
どんぶり	丼	9	197	*2079*

な

ナ	那	9	197	*2080*
	奈	9	197	*2081*
な	名	1	12	*75*
	菜	4	53	*509*
ナイ	内	2	24	*207*
	南	2	24	*208*
ない	無	4	62	*620*
	亡	6	97	*985*
なえ	苗	8	148	*1544*
なえる	萎	9	186	*1946*
なおす	直	2	23	*192*
なか	中	1	10	*59*
	仲	4	58	*571*
ながい	長	2	23	*189*
	永	5	66	*644*
なかば	半	2	25	*214*
ながめる	眺	9	173	*1821*
ながれる	流	3	45	*432*
なく	鳴	2	26	*229*
	泣	4	51	*479*
なぐさめる	慰	8	130	*1324*

なぐる	殴	8	130	*1331*
なげく	嘆	7	116	*1186*
なげる	投	3	41	*378*
なごむ	和	3	46	*440*
なさけ	情	5	74	*741*
なし	梨	9	197	*2082*
なぞ	謎	9	197	*2083*
なつ	夏	2	14	*88*
ななつ	七	1	8	*32*
ななめ	斜	7	111	*1124*
なに	何	2	14	*86*
なべ	鍋	9	197	*2084*
なまり	鉛	7	103	*1025*
なみ	波	3	42	*387*
なみ	並	6	96	*977*
なみだ	涙	7	127	*1311*
なやむ	悩	7	120	*1227*
ならう	習	3	36	*323*
	倣	8	149	*1560*
なる	成	4	56	*545*
なれる	慣	5	68	*668*
なわ	縄	9	168	*1761*
ナン	難	6	95	*960*
	軟	9	176	*1851*

に

ニ	二	1	11	*65*
	弐	7	120	*1226*
	尼	9	176	*1852*
に	荷	3	31	*259*
におう	匂	9	198	*2085*
にぎる	握	7	102	*1007*
ニク	肉	2	24	*209*
にくむ	憎	8	143	*1486*
にげる	逃	7	119	*1211*
にごる	濁	7	116	*1182*
にし	西	2	21	*169*
にじ	虹	9	198	*2086*
にしき	錦	9	189	*1985*
ニチ	日	1	11	*66*
にぶい	鈍	7	120	*1224*
ニュウ	入	1	11	*67*
	乳	6	95	*961*
ニョウ	尿	8	147	*1527*
にる	似	5	72	*724*
	煮	7	111	*1125*
にわ	庭	3	40	*372*
にわとり	鶏	8	135	*1389*
ニン	任	5	78	*785*
	認	6	95	*962*
	妊	9	176	*1853*
	忍	9	176	*1854*
	寧	9	176	*1855*

ぬ

ぬう	縫	8	150	*1563*
ぬく	抜	7	121	*1237*
ぬぐ	脱	7	116	*1183*
ぬし	主	3	36	*315*
ぬすむ	盗	7	119	*1216*
ぬの	布	5	79	*799*
ぬま	沼	7	113	*1143*
ぬる	塗	8	146	*1520*

ね

ね	根	3	34	*298*
	値	6	94	*946*
ねがう	願	4	50	*469*
ねこ	猫	9	178	*1874*
ねたむ	妬	9	196	*2072*
ネツ	熱	4	60	*589*
ねばる	粘	8	147	*1528*
ねむる	眠	7	125	*1284*
ねらう	狙	9	194	*2046*
ねる	練	3	46	*438*
	寝	7	114	*1155*
ネン	年	1	11	*68*
	念	4	60	*590*
	燃	5	78	*786*
	粘	8	147	*1528*
	捻	9	198	*2087*
ねんごろ	懇	9	163	*1698*

の

の	野	2	26	*233*
ノウ	農	3	42	*386*
	能	5	78	*787*
	納	6	95	*963*
	脳	6	95	*964*
	悩	7	120	*1227*
	濃	7	120	*1228*
のき	軒	7	108	*1089*
のこる	残	4	54	*520*
のぞく	除	6	91	*910*
のぞむ	望	4	62	*613*
	臨	6	98	*1004*
のど	喉	9	191	*2003*
ののしる	罵	9	198	*2088*
のびる	延	6	84	*831*
	伸	8	141	*1455*
のべる	述	5	73	*731*
のぼる	登	3	41	*382*
	昇	8	140	*1443*
のむ	飲	3	30	*250*
のる	乗	3	37	*336*
	載	7	110	*1112*
のろう	呪	9	193	*2025*

は

ハ	波	3	42	*387*
	破	5	78	*788*
	派	6	95	*965*
	把	9	176	*1856*
	覇	9	176	*1857*
は	歯	3	35	*306*
	葉	3	45	*428*
	刃	9	169	*1769*
バ	馬	2	24	*210*
	婆	8	147	*1529*
	罵	9	198	*2088*
ば	場	2	20	*161*
ハイ	配	3	42	*388*
	敗	4	60	*591*
	拝	6	95	*966*
	背	6	95	*967*
	肺	6	95	*968*
	俳	6	95	*969*
	杯	7	120	*1229*

ハイ	輩	7	120	*1230*
	排	8	147	*1530*
	廃	9	176	*1858*
はい	灰	6	84	*834*
バイ	売	2	24	*211*
	買	2	24	*212*
	倍	3	42	*389*
	梅	4	60	*592*
	陪	8	147	*1531*
	培	9	176	*1859*
	媒	9	177	*1860*
	賠	9	177	*1861*
はいる	入	1	11	*67*
はか	墓	5	80	*809*
はがす	剥	9	198	*2089*
はがね	鋼	6	88	*874*
はかる	計	2	16	*116*
	図	2	21	*167*
	量	4	63	*630*
	測	5	76	*765*
	諮	8	138	*1428*
	謀	8	150	*1569*
ハク	白	1	11	*69*
	博	4	60	*593*
	拍	7	120	*1231*
	泊	7	120	*1232*
	迫	7	120	*1232*
	薄	7	120	*1234*
	伯	9	177	*1862*
	舶	9	177	*1863*
	剥	9	198	*2089*
はく	吐	7	118	*1205*
	掃	8	143	*1483*
	履	9	182	*1926*
バク	麦	2	25	*213*
	爆	7	121	*1235*
	縛	8	147	*1532*
	漠	9	177	*1864*
はげしい	激	6	86	*859*
はげむ	励	8	152	*1596*
ばける	化	3	31	*258*
はこ	箱	3	42	*390*
はこぶ	運	3	30	*251*
はさむ	挟	9	160	*1660*
はし	橋	3	33	*277*
	端	7	117	*1187*
	箸	9	198	*2090*
はじ	恥	7	117	*1189*
はじめ	初	4	55	*535*
はじめる	始	3	35	*304*
はしら	柱	3	40	*366*
はしる	走	2	22	*179*
はずかしめる	辱	8	140	*1454*
はずむ	弾	7	117	*1188*
はた	旗	4	50	*474*
	機	4	50	*476*
はだ	肌	9	177	*1865*
はだか	裸	8	152	*1587*
はたけ	畑	3	42	*391*
はたす	果	4	49	*454*
はたらく	働	4	60	*585*
ハチ	八	1	11	*70*

ハチ	鉢	9	177	*1866*
はち	蜂	9	199	*2105*
ハツ	発	3	42	*392*
	髪	7	121	*1236*
バツ	抜	7	121	*1237*
	罰	7	121	*1238*
	伐	8	147	*1533*
	閥	9	177	*1867*
はな	花	1	6	*9*
	鼻	3	43	*399*
	華	8	131	*1337*
はなす	話	2	27	*240*
	放	3	44	*414*
	離	7	126	*1306*
はなはだ	甚	9	169	*1771*
はね	羽	2	14	*82*
はは	母	2	25	*222*
はば	幅	7	123	*1263*
はばむ	阻	8	142	*1477*
はぶく	省	4	56	*546*
はま	浜	7	122	*1253*
はやい	早	1	10	*52*
	速	3	39	*352*
はやし	林	1	12	*79*
はら	原	2	17	*119*
	腹	6	96	*975*
はらう	払	7	123	*1264*
はり	針	6	91	*916*
はる	春	2	20	*158*
	張	5	77	*775*
はる	貼	9	196	*2063*
はれる	晴	2	21	*172*
	腫	9	192	*2024*
ハン	半	2	25	*214*
	反	3	42	*393*
	飯	4	60	*594*
	犯	5	78	*789*
	判	5	78	*790*
	版	5	78	*791*
	班	6	96	*970*
	般	7	121	*1239*
	販	7	121	*1240*
	搬	7	121	*1241*
	範	7	121	*1242*
	繁	7	121	*1243*
	帆	8	147	*1534*
	伴	8	147	*1535*
	畔	8	147	*1536*
	藩	8	147	*1537*
	煩	9	177	*1868*
	頒	9	177	*1869*
	氾	9	198	*2091*
	汎	9	198	*2092*
	阪	9	198	*2093*
	斑	9	198	*2094*
バン	番	2	25	*215*
	板	3	42	*395*
	晩	6	96	*971*
	盤	7	121	*1244*
	蛮	8	147	*1538*

ひ

ヒ	皮	3	42	*396*

ヒ	悲	3	43	*397*
	飛	4	60	*595*
	費	4	60	*596*
	比	5	78	*792*
	肥	5	78	*793*
	非	5	78	*794*
	否	6	96	*972*
	批	6	96	*973*
	秘	6	96	*974*
	彼	7	121	*1245*
	疲	7	121	*1246*
	被	7	122	*1247*
	避	7	122	*1248*
	卑	8	148	*1539*
	碑	8	148	*1540*
	泌	8	148	*1541*
	妃	9	177	*1870*
	披	9	177	*1871*
	扉	9	178	*1872*
	罷	9	178	*1873*
ひ	火	1	6	*8*
	日	1	11	*66*
	灯	4	59	*583*
ビ	美	3	43	*398*
	鼻	3	43	*399*
	備	5	78	*795*
	尾	7	122	*1249*
	微	7	122	*1250*
ひいでる	秀	7	112	*1133*
ひかえる	控	8	136	*1406*
ひがし	東	2	24	*201*
ひかり	光	2	18	*129*
ひき	匹	7	122	*1251*
ひきいる	率	5	76	*767*
ひく	引	2	14	*81*
ひくい	低	4	59	*575*
ひざ	膝	9	198	*2096*
ひさしい	久	5	68	*676*
ひじ	肘	9	199	*2097*
ひそむ	潜	8	142	*1475*
ひたい	額	5	68	*665*
ひだり	左	1	7	*24*
ひたる	浸	7	114	*1154*
ヒツ	筆	3	43	*400*
	必	4	61	*597*
	匹	7	122	*1251*
ひつじ	羊	3	45	*426*
ひと	人	1	9	*41*
ひとしい	等	3	41	*383*
ひとつ	一	1	6	*1*
ひとみ	瞳	9	197	*2075*
ひとり	独	5	77	*784*
ひびく	響	7	107	*1074*
ひま	暇	7	104	*1032*
ひめ	姫	8	148	*1542*
ひめる	秘	6	96	*974*
ヒャク	百	1	11	*71*
ヒョウ	氷	3	43	*401*
	表	3	43	*402*
	票	4	61	*598*
	標	4	61	*599*
	俵	5	78	*796*

ヒョウ	評	5	79	*797*
	漂	8	148	*1543*
ビョウ	秒	3	43	*403*
	病	3	43	*404*
	描	7	122	*1252*
	苗	8	148	*1544*
	猫	9	178	*1874*
ひらく	開	3	31	*261*
ひる	昼	2	22	*188*
ひるがえる	翻	8	150	*1572*
ひろい	広	2	17	*127*
ひろう	拾	3	36	*321*
ヒン	品	3	43	*405*
	浜	7	122	*1253*
	賓	9	178	*1875*
	頻	9	178	*1876*
ビン	貧	5	79	*798*
	敏	7	122	*1254*
	瓶	9	178	*1877*
ふ				
フ	父	2	25	*216*
	負	3	43	*406*
	不	4	61	*600*
	夫	4	61	*601*
	付	4	61	*602*
	府	4	61	*603*
	布	5	79	*799*
	婦	5	79	*800*
	富	5	79	*801*
	怖	7	122	*1255*
	浮	7	122	*1256*
フ	普	7	122	*1257*
	腐	7	122	*1258*
	敷	7	123	*1259*
	膚	7	123	*1260*
	賦	7	123	*1261*
	赴	8	148	*1545*
	符	8	148	*1546*
	扶	9	178	*1878*
	附	9	178	*1879*
	譜	9	178	*1880*
	阜	9	199	*2098*
	訃	9	199	*2099*
ブ	部	3	43	*407*
	武	5	79	*802*
	舞	7	123	*1262*
	侮	9	178	*1881*
フウ	風	2	25	*217*
	封	8	148	*1547*
ふえ	笛	3	41	*373*
ふえる	殖	7	113	*1149*
ふかい	深	3	38	*342*
フク	服	3	43	*408*
	福	3	44	*409*
	副	4	61	*604*
	復	5	79	*803*
	複	5	79	*804*
	腹	6	96	*975*
	幅	7	123	*1263*
	伏	8	148	*1548*
	覆	8	148	*1549*
ふく	吹	7	114	*1162*

ふく	噴	7	123	*1265*
	拭	9	193	*2030*
ふくむ	含	7	105	*1050*
ふくらむ	膨	8	150	*1568*
ふくろ	袋	8	144	*1491*
ふさ	房	8	150	*1566*
ふさぐ	塞	9	191	*2012*
ふし	節	4	57	*552*
ふじ	藤	9	197	*2074*
ふせぐ	防	5	80	*812*
ふせる	伏	8	148	*1548*
ふた	双	8	143	*1481*
	蓋	9	188	*1968*
ふだ	札	4	54	*513*
ぶた	豚	8	146	*1526*
ふたたび	再	5	71	*706*
ふたつ	二	1	11	*65*
ふち	縁	7	103	*1026*
フツ	払	7	123	*1264*
	沸	9	178	*1882*
ブツ	物	3	44	*410*
	仏	5	79	*805*
ふで	筆	3	43	*400*
ふとい	太	2	22	*181*
ふところ	懐	9	157	*1626*
ふね	船	2	21	*175*
	舟	7	112	*1132*
ふみ	文	1	11	*72*
ふむ	踏	7	119	*1219*
ふもと	麓	9	202	*2135*
ふゆ	冬	2	23	*199*
ふる	振	7	114	*1153*
ふるい	古	2	17	*121*
ふるう	奮	6	96	*976*
	震	7	114	*1157*
ふれる	触	7	114	*1151*
フン	分	2	25	*218*
	粉	4	61	*605*
	奮	6	96	*976*
	噴	7	123	*1265*
	紛	8	148	*1550*
	墳	8	149	*1551*
	雰	9	178	*1883*
	憤	9	179	*1884*
ぶん	文	1	11	*72*
ブン	聞	2	25	*219*

へ

ヘイ	平	3	44	*411*
	兵	4	61	*606*
	並	6	96	*977*
	陛	6	96	*978*
	閉	6	96	*979*
	柄	7	123	*1266*
	丙	9	179	*1885*
	併	9	179	*1886*
	塀	9	179	*1887*
	幣	9	179	*1888*
	弊	9	179	*1889*
	蔽	9	199	*2100*
	餅	9	199	*2101*
ベイ	米	2	25	*220*
ヘキ	壁	7	123	*1267*

ヘキ	癖	8	149	*1552*
	璧	9	199	*2102*
へだてる	隔	8	132	*1347*
ベツ	別	4	61	*607*
	蔑	9	199	*2103*
べに	紅	6	87	*872*
へび	蛇	9	165	*1718*
へる	経	5	69	*685*
	減	5	70	*693*
ヘン	返	3	44	*412*
	辺	4	61	*608*
	変	4	62	*609*
	編	5	79	*806*
	片	6	96	*980*
	偏	9	179	*1890*
	遍	9	179	*1891*
ベン	勉	3	44	*413*
	便	4	62	*610*
	弁	5	79	*807*

ほ

ホ	歩	2	25	*221*
	保	5	79	*808*
	補	6	96	*981*
	捕	7	123	*1268*
	舗	7	123	*1269*
	哺	9	199	*2104*
ほ	穂	8	141	*1463*
	帆	8	147	*1534*
ボ	母	2	25	*222*
	墓	5	80	*809*
	暮	6	97	*982*
ボ	慕	8	149	*1554*
	簿	8	149	*1555*
ホウ	方	2	25	*223*
	放	3	44	*414*
	包	4	62	*611*
	法	4	62	*612*
	報	5	80	*810*
	豊	5	80	*811*
	宝	6	97	*983*
	抱	7	123	*1270*
	峰	7	124	*1271*
	砲	7	124	*1272*
	芳	8	149	*1556*
	邦	8	149	*1557*
	奉	8	149	*1558*
	胞	8	149	*1559*
	倣	8	149	*1560*
	崩	8	149	*1561*
	飽	8	149	*1562*
	縫	8	150	*1563*
	泡	9	179	*1893*
	俸	9	179	*1894*
	褒	9	179	*1895*
	蜂	9	199	*2105*
ボウ	望	4	62	*613*
	防	5	80	*812*
	貿	5	80	*813*
	暴	5	80	*814*
	訪	6	97	*984*
	亡	6	97	*985*
	忘	6	97	*986*

ボウ	棒	6	97	*987*
	忙	7	124	*1273*
	坊	7	124	*1274*
	肪	7	124	*1275*
	冒	7	124	*1276*
	傍	7	124	*1277*
	帽	7	124	*1278*
	乏	8	150	*1564*
	妨	8	150	*1565*
	房	8	150	*1566*
	某	8	150	*1567*
	膨	8	150	*1568*
	謀	8	150	*1569*
	剖	9	180	*1896*
	紡	9	180	*1897*
	貌	9	199	*2106*
ほうむる	葬	8	143	*1484*
ほお	頬	9	199	*2107*
ほか	他	3	39	*354*
ほがらか	朗	6	98	*1005*
ホク	北	2	25	*224*
ボク	牧	4	62	*614*
	墨	8	150	*1570*
	朴	9	180	*1898*
	僕	9	180	*1899*
	撲	9	180	*1900*
	睦	9	199	*2108*
ほこ	矛	7	125	*1285*
ほこる	誇	7	109	*1095*
ほころびる	綻	9	195	*2060*
ほし	星	2	21	*171*
ほしい	欲	6	98	*997*
ほす	干	6	85	*840*
ほそい	細	2	18	*140*
ほたる	蛍	9	161	*1674*
ボツ	没	8	150	*1571*
	勃	9	200	*2109*
ほど	程	5	77	*777*
ほとけ	仏	5	79	*805*
ほどこす	施	8	138	*1427*
ほね	骨	6	88	*877*
ほのお	炎	8	130	*1328*
ほまれ	誉	7	126	*1296*
ほめる	褒	9	179	*1895*
ほら	洞	9	175	*1847*
ほり	堀	9	180	*1901*
ほる	掘	7	108	*1079*
	彫	8	145	*1509*
ほろびる	滅	8	151	*1578*
ホン	本	1	12	*74*
	翻	8	150	*1572*
	奔	9	180	*1902*
ボン	凡	7	124	*1279*
	盆	7	124	*1280*
	募	8	149	*1553*

ま

ま	真	3	38	*341*
マ	魔	8	150	*1573*
	麻	9	180	*1903*
	摩	9	180	*1904*
	磨	9	180	*1905*
マイ	毎	2	26	*225*

マイ	妹	2	26	*226*
	枚	6	97	*988*
	埋	8	150	*1574*
	昧	9	200	*2110*
まいる	参	4	54	*517*
まう	舞	7	123	*1262*
まえ	前	2	22	*177*
まかす	任	5	78	*785*
まかなう	賄	9	183	*1939*
まがる	曲	3	33	*279*
まき	牧	4	62	*614*
まぎれる	紛	8	148	*1550*
まく	巻	6	85	*841*
マク	幕	6	97	*989*
	膜	8	151	*1575*
まくら	枕	9	200	*2111*
まける	負	3	43	*406*
まご	孫	4	68	*665*
まこと	誠	6	92	*923*
まじわる	交	2	17	*128*
ます	増	5	76	*763*
ます	升	9	167	*1743*
まずしい	貧	5	79	*798*
また	又	8	151	*1576*
	股	9	190	*1998*
またたく	瞬	7	112	*1137*
まち	町	1	11	*61*
	街	4	49	*461*
まつ	待	3	39	*357*
まつ	松	4	55	*536*
マツ	末	4	62	*615*

マツ	抹	9	180	*1906*
まつり	祭	3	34	*299*
まつりごと	政	5	74	*746*
まと	的	4	59	*578*
まど	窓	6	92	*931*
まどう	惑	7	128	*1321*
まなこ	眼	5	68	*669*
まなぶ	学	1	6	*11*
まぬがれる	免	8	151	*1579*
まねく	招	5	73	*735*
まぼろし	幻	8	135	*1393*
まめ	豆	3	41	*379*
まもる	守	3	36	*316*
まゆ	繭	9	162	*1680*
	眉	9	198	*2095*
まよう	迷	5	80	*817*
まる	丸	2	15	*101*
まるい	円	1	0	*4*
まわり	周	4	55	*532*
まわる	回	2	14	*92*
マン	万	2	26	*227*
	満	4	62	*616*
	慢	7	124	*1281*
	漫	7	124	*1282*

み

ミ	味	3	44	*415*
	未	4	62	*617*
	魅	8	151	*1577*
	眉	9	198	*2095*
み	実	3	35	*312*
	身	3	38	*339*

む

むれる	群	5	69	*684*
むろ	室	2	19	*152*

め

め	目	1	12	*76*
	芽	4	49	*457*
メイ	名	1	12	*75*
	明	2	26	*228*
	鳴	2	26	*229*
	命	3	44	*416*
	迷	5	80	*817*
	盟	6	97	*991*
	銘	9	181	*1908*
	冥	9	200	*2113*
めぐむ	恵	7	108	*1081*
めぐる	巡	7	113	*1139*
めし	飯	4	60	*594*
めす	召	7	113	*1141*
めす	雌	7	111	*1121*
めずらしい	珍	7	117	*1198*
メツ	滅	8	151	*1578*
メン	面	3	44	*417*
	綿	5	80	*818*
	免	8	151	*1579*
	麺	9	200	*2114*

も

モ	模	6	97	*992*
	茂	7	125	*1288*
も	喪	9	172	*1802*
	藻	9	172	*1805*
モウ	毛	2	26	*230*
	猛	7	125	*1289*
モウ	網	7	125	*1290*
	妄	9	181	*1909*
	盲	9	181	*1910*
	耗	9	181	*1911*
もうける	設	5	75	*754*
もうす	申	3	38	*338*
もうでる	詣	9	190	*1990*
もえる	燃	5	78	*786*
モク	木	1	12	*73*
	目	1	12	*76*
	黙	7	125	*1291*
もち	餅	9	199	*2101*
もちいる	用	2	26	*235*
もつ	持	3	35	*310*
もっとも	最	4	53	*510*
もっぱら	専	6	92	*925*
もてあそぶ	弄	9	202	*2133*
もと	本	1	12	*74*
	元	2	17	*117*
	基	5	68	*670*
もどす	戻	9	183	*1937*
もとめる	求	4	51	*478*
もの	者	3	36	*314*
	物	3	44	*410*
もも	桃	7	119	*1214*
もよおす	催	8	138	*1419*
もり	森	1	9	*40*
もる	盛	6	91	*921*
モン	門	2	26	*231*
	問	3	44	*418*
	紋	7	125	*1292*

や

ヤ	夜	2	26	*232*
	野	2	26	*233*
	冶	9	200	*2115*
や	矢	2	19	*145*
	屋	3	31	*256*
	弥	9	200	*2116*
やかた	館	3	32	*266*
ヤク	役	3	44	*419*
	薬	3	44	*420*
	約	4	63	*621*
	訳	6	97	*993*
	躍	7	125	*1293*
	厄	9	181	*1912*
やく	焼	4	56	*539*
やさしい	易	5	66	*647*
	優	6	98	*995*
やしなう	養	4	63	*624*
やしろ	社	2	20	*153*
やすい	安	3	30	*242*
やすむ	休	1	7	*14*
やせる	痩	9	195	*2050*
やっつ	八	1	11	*70*
やど	宿	3	37	*327*
やとう	雇	8	136	*1396*
やなぎ	柳	9	182	*1927*
やぶる	破	5	78	*788*
やぶれる	敗	4	60	*591*
やま	山	1	8	*26*
やまい	病	3	43	*404*
やみ	闇	9	200	*2117*
やめる	辞	4	55	*528*
やわらか	柔	7	112	*1135*
やわらかい	軟	9	176	*1851*

ゆ

ユ	由	3	45	*421*
	油	3	45	*422*
	輸	5	80	*819*
	愉	9	181	*1913*
	諭	9	181	*1914*
	癒	9	181	*1915*
	喩	9	200	*2118*
ゆ	湯	3	41	*381*
ユイ	唯	9	181	*1916*
ユウ	友	2	26	*234*
	有	3	45	*423*
	遊	3	45	*424*
	勇	4	63	*622*
	郵	6	98	*994*
	優	6	98	*995*
	雄	7	125	*1294*
	幽	8	151	*1580*
	誘	8	151	*1581*
	憂	8	151	*1582*
	悠	9	181	*1917*
	猶	9	181	*1918*
	裕	9	181	*1919*
	融	9	182	*1920*
	湧	9	200	*2119*
ゆう	夕	1	9	*46*
ゆえ	故	5	70	*694*
ゆき	雪	2	21	*174*

ゆずる	譲	8	140	*1452*
ゆたか	豊	5	80	*811*
ゆだねる	委	3	30	*245*
ゆび	指	3	35	*305*
ゆみ	弓	2	16	*107*
ゆめ	夢	5	80	*816*
ゆるい	緩	8	133	*1359*
ゆるす	許	5	69	*679*
ゆれる	揺	8	151	*1584*
	よ			
ヨ	予	3	45	*425*
	余	5	80	*820*
	預	5	81	*821*
	与	7	126	*1295*
	誉	7	126	*1296*
よ	世	3	38	*344*
よい	良	4	63	*628*
	善	6	92	*929*
よい	宵	9	167	*1747*
ヨウ	用	2	26	*235*
	曜	2	26	*236*
	羊	3	45	*426*
	洋	3	45	*427*
	葉	3	45	*428*
	陽	3	45	*429*
	様	3	45	*430*
	要	4	63	*623*
	養	4	63	*624*
	容	5	81	*822*
	幼	6	98	*996*
	溶	7	126	*1297*
ヨウ	腰	7	126	*1298*
	踊	7	126	*1299*
	謡	7	126	*1300*
	揚	8	151	*1583*
	揺	8	151	*1584*
	擁	8	151	*1585*
	庸	9	182	*1921*
	窯	9	182	*1922*
	妖	9	200	*2120*
	瘍	9	201	*2121*
よう	酔	8	141	*1461*
ヨク	浴	4	63	*625*
	欲	6	98	*997*
	翼	7	126	*1301*
	抑	8	151	*1586*
	沃	9	201	*2122*
よく	翌	6	98	*998*
よこ	横	3	31	*255*
よし	由	3	45	*421*
	吉	8	134	*1371*
よそおう	装	6	92	*933*
よっつ	四	1	8	*28*
よぶ	呼	6	87	*867*
よむ	読	2	24	*206*
	詠	8	130	*1325*
よめ	嫁	8	131	*1338*
よる	因	5	66	*643*
	寄	5	68	*671*
よる	夜	2	26	*232*
よろこぶ	喜	4	50	*473*
よわい	弱	2	20	*154*

ら

ラ	裸	8	152	*1587*
	羅	9	182	*1923*
	拉	9	201	*2123*
ライ	来	2	27	*237*
	雷	7	126	*1302*
	頼	7	126	*1303*
ラク	落	3	45	*431*
	絡	7	126	*1304*
	酪	9	182	*1924*
ラツ	辣	9	201	*2124*
ラン	乱	6	98	*999*
	卵	6	98	*1000*
	覧	6	98	*1001*
	欄	7	126	*1305*
	濫	8	152	*1588*
	藍	9	201	*2125*

り

リ	里	2	27	*238*
	理	2	27	*239*
	利	4	63	*626*
	裏	6	98	*1002*
	離	7	126	*1306*
	吏	8	152	*1589*
	痢	9	182	*1925*
	履	9	182	*1926*
	璃	9	201	*2126*
リク	陸	4	63	*627*
リツ	立	1	12	*77*
	律	6	98	*1003*
	慄	9	201	*2127*
リャク	略	5	81	*823*
リュウ	流	3	45	*432*
	留	5	81	*824*
	粒	7	127	*1307*
	隆	8	152	*1590*
	柳	9	182	*1927*
	硫	9	182	*1929*
リョ	旅	3	46	*433*
	慮	7	127	*1308*
	虜	9	182	*1930*
	侶	9	201	*2128*
リョウ	両	3	46	*434*
	良	4	63	*628*
	料	4	63	*629*
	量	4	63	*630*
	領	5	81	*825*
	療	7	127	*1309*
	了	8	152	*1591*
	猟	8	152	*1592*
	陵	8	152	*1593*
	糧	8	152	*1594*
	涼	9	182	*1931*
	僚	9	183	*1932*
	寮	9	183	*1933*
	瞭	9	201	*2129*
リョク	力	1	12	*78*
	緑	3	46	*435*
リン	林	1	12	*79*
	輪	4	63	*631*
	臨	6	98	*1004*
	隣	7	127	*1310*

リン	厘	8	152	*1595*
	倫	9	183	*1934*
る				
ル	瑠	9	201	*2130*
ルイ	類	4	63	*632*
	涙	7	127	*1311*
	累	9	183	*1935*
	塁	9	183	*1936*
れ				
レイ	礼	3	46	*436*
	令	4	64	*633*
	冷	4	64	*634*
	例	4	64	*635*
	隷	7	127	*1312*
	齢	7	127	*1313*
	麗	7	127	*1314*
	励	8	152	*1596*
	零	8	152	*1597*
	霊	8	152	*1598*
	戻	9	183	*1937*
	鈴	9	183	*1938*
レキ	歴	4	64	*636*
	暦	7	127	*1315*
レツ	列	3	46	*437*
	劣	7	127	*1316*
	烈	7	127	*1317*
	裂	8	153	*1599*
レン	練	3	46	*438*
	連	4	64	*637*
	恋	7	127	*1318*
	廉	8	153	*1600*
レン	錬	8	153	*1601*
ろ				
ロ	路	3	46	*439*
	露	7	128	*1319*
	炉	8	153	*1602*
	呂	9	201	*2131*
	賂	9	201	*2132*
ロウ	老	4	64	*638*
	労	4	64	*639*
	朗	6	98	*1005*
	郎	7	128	*1320*
	浪	8	153	*1603*
	廊	8	153	*1604*
	楼	8	153	*1605*
	漏	8	153	*1606*
	弄	9	202	*2133*
	籠	9	202	*2134*
ロク	六	1	12	*80*
	録	4	64	*640*
	麓	9	202	*2135*
ロン	論	6	99	*1006*
わ				
ワ	話	2	27	*240*
	和	3	46	*440*
わ	輪	4	63	*631*
ワイ	賄	9	183	*1939*
わかい	若	6	89	*896*
わかれる	別	4	61	*607*
わき	脇	9	202	*2136*
ワク	惑	7	128	*1321*
わく	沸	9	178	*1882*

拼音·注音　音節索引

★簡體字以拼音的字母順和四聲順排列。
（若讀法相同，按序號順序。）
★紅色的數字是該漢字的對應學年。
1～6是小學，7～9是中學。
★黑色的數字是頁碼，斜體字表示序號。

bó	勃	9	800	*2109*
bu	ㄅㄨ			
bǔ	补	6	96	*981*
	捕	7	123	*1268*
	哺	9	199	*2104*
bù	步	2	25	*221*
	部	3	43	*407*
	不	4	61	*600*
	布	5	79	*799*
	怖	7	122	*1255*
	簿	8	149	*1555*
	捗	9	196	*2065*

C

ca	ㄘㄚ			
cā	擦	8	138	*1424*
cai	ㄘㄞ			
cái	才	2	18	*139*
	材	4	53	*511*
	财	5	71	*712*
	裁	6	88	*882*
cǎi	採	5	71	*709*
	彩	7	110	*1110*
	采	9	191	*2011*
cài	菜	4	53	*509*
can	ㄘㄢ			
cān	参	4	54	*517*
cán	残	4	54	*520*
	蚕	6	88	*885*
cǎn	惨	7	111	*1115*
cang	ㄘㄤ			
cāng	仓	4	57	*559*
cáng	藏	6	93	*936*
cao	ㄘㄠ			
cāo	操	6	93	*935*
cáo	曹	9	172	*1801*
cáo	槽	9	172	*1803*
cǎo	草	1	10	*53*
ce	ㄘㄜ			
cè	侧	4	58	*562*
	测	5	76	*765*
	策	6	88	*883*
	册	6	88	*884*
ceng	ㄘㄥ			
céng	层	6	93	*934*
cha	ㄔㄚ			
chā	插	9	172	*1800*
chá	茶	2	22	*187*
	察	4	54	*516*
	查	5	71	*705*
chà	差	4	53	*508*
	刹	9	192	*2015*
chan	ㄔㄢ			
chán	禅	9	171	*1792*
chǎn	产	4	54	*518*
chang	ㄔㄤ			
cháng	长	2	23	*189*
	肠	4	59	*574*
	常	5	74	*740*
	偿	9	168	*1757*
chǎng	场	2	20	*161*
chàng	唱	4	56	*538*
chao	ㄔㄠ			
chāo	超	8	145	*1510*
	抄	9	167	*1744*
cháo	巢	4	57	*560*
	潮	6	94	*952*
	嘲	9	196	*2064*
che	ㄔㄜ			
chē	车	1	8	*33*
chè	彻	9	175	*1839*

cí	词	6	89	*890*
	磁	6	89	*892*
	雌	7	111	*1121*
	慈	8	138	*1430*
	茨	9	186	*1949*
cì	次	3	35	*308*
	刺	7	111	*1118*
	赐	9	164	*1713*
cong	ㄘㄨㄥ			
cōng	从	6	90	*902*
cu	ㄘㄨ			
cū	粗	8	143	*1479*
cù	促	8	143	*1487*
	醋	9	164	*1708*
	蹴	9	193	*2028*
cui	ㄘㄨㄟ			
cuī	催	8	130	*1410*
cuì	粹	8	141	*1459*
cun	ㄘㄨㄣ			
cūn	村	1	10	*55*
cún	存	6	93	*938*
cùn	寸	6	91	*920*
cuo	ㄘㄨㄛ			
cuō	撮	8	138	*1423*
cuò	错	8	138	*1422*
	措	8	142	*1478*
	挫	9	191	*2010*
D				
da	ㄉㄚ			
dā	搭	9	175	*1842*
dá	答	2	24	*202*
	达	4	58	*568*
dǎ	打	3	39	*355*
dà	大	1	10	*56*
dai	ㄉㄞ			
dài	待	3	39	*357*
	代	3	39	*358*
	带	4	58	*566*
	贷	5	76	*770*
	怠	8	143	*1489*
	袋	8	144	*1491*
	逮	8	144	*1492*
	戴	9	195	*2057*
dan	ㄉㄢ			
dān	单	4	58	*569*
	担	6	93	*941*
	丹	7	116	*1184*
dǎn	胆	8	144	*1500*
dàn	诞	6	93	*943*
	淡	7	116	*1185*
	但	9	173	*1812*
	旦	9	195	*2059*
dang	ㄉㄤ			
dāng	当	2	23	*200*
dǎng	党	6	94	*957*
dao	ㄉㄠ			
dāo	刀	2	23	*198*
dǎo	岛	3	41	*380*
	导	5	77	*782*
	倒	7	119	*1212*
dào	道	2	24	*205*
	到	7	118	*1210*
	盗	7	119	*1216*
	稻	7	119	*1218*
	悼	9	175	*1841*
de	ㄉㄜ			
dé	得	4	60	*587*
	德	5	77	*783*
de	的	4	59	*578*
deng	ㄉㄥ			

duān	锻	8	144	*1501*
dui	ㄉㄨㄟ			
duī	堆	9	195	*2056*
duì	对	3	39	*356*
	队	4	58	*567*
dun	ㄉㄨㄣ			
dùn	盾	7	113	*1140*
	钝	7	120	*1224*
	顿	9	197	*2077*
duo	ㄉㄨㄛ			
duō	多	2	22	*180*
duó	夺	8	144	*1499*
duò	堕	9	172	*1807*
	惰	9	172	*1808*

E

e	ㄜ			
é	额	5	68	*665*
è	恶	3	30	*241*
	饿	8	131	*1339*
	厄	9	181	*1912*
	颚	9	188	*1971*
en	ㄣ			
ēn	恩	5	67	*654*
er	ㄦ			
ér	儿	4	55	*526*
ěr	耳	1	8	*31*
	饵	9	192	*2020*
èr	二	1	11	*65*
	贰	7	120	*1226*

F

fa	ㄈㄚ			
fā	发	3	42	*392*
fá	罚	7	121	*1238*
	伐	8	147	*1533*
	乏	8	150	*1564*
fá	阀	9	177	*1867*
fǎ	法	4	62	*612*
fà	发	7	121	*1236*
fan	ㄈㄢ			
fān	番	2	25	*215*
	帆	8	147	*1534*
	藩	8	147	*1537*
	翻	8	150	*1572*
fán	繁	7	121	*1243*
	凡	7	124	*1279*
	烦	9	177	*1868*
fǎn	反	3	42	*393*
	返	3	44	*412*
fàn	饭	4	60	*594*
	犯	5	78	*789*
	贩	7	121	*1240*
	范	7	121	*1242*
	泛	9	198	*2091*
	泛	9	198	*2092*
fang	ㄈㄤ			
fāng	方	2	25	*223*
	坊	7	124	*1274*
	芳	8	149	*1556*
fáng	防	5	80	*812*
	肪	7	124	*1275*
	妨	8	150	*1565*
	房	8	150	*1566*
fǎng	访	6	97	*984*
	仿	8	149	*1560*
	纺	9	180	*1897*
fàng	放	3	44	*414*
fei	ㄈㄟ			
fēi	飞	4	60	*595*
	非	5	78	*794*
	妃	9	177	*1870*

fēi	扉	9	178	*1872*
féi	肥	5	78	*793*
fèi	费	4	60	*596*
	肺	6	95	*968*
	废	9	176	*1858*
	沸	9	178	*1882*
fen		ㄈㄣ		
fēn	分	2	25	*218*
	纷	8	148	*1550*
	雰 氛	9	178	*1883*
fén	坟	8	149	*1551*
fěn	粉	4	61	*605*
fèn	奋	6	96	*976*
	愤	9	179	*1884*
feng		ㄈㄥ		
fēng	风	2	25	*217*
	丰	5	80	*811*
	峰	7	124	*1271*
	封	8	148	*1547*
	蜂	9	199	*2105*
féng	缝	8	150	*1563*
fèng	奉	8	149	*1558*
	俸	9	179	*1894*
fo		ㄈㄛ		
fó	佛	5	79	*805*
fou		ㄈㄡ		
fǒu	否	6	96	*972*
fu		ㄈㄨ		
fū	夫	4	61	*601*
	敷	7	123	*1259*
	肤	7	123	*1260*
fú	服	3	43	*408*
	福	3	44	*409*
	浮	7	122	*1256*
	幅	7	123	*1263*
fú	拂	7	123	*1264*
	符	8	148	*1546*
	伏	8	148	*1548*
	扶	9	178	*1878*
fǔ	府	4	61	*603*
	腐	7	122	*1258*
	釜	9	188	*1973*
fù	父	2	25	*216*
	负	3	43	*406*
	付	4	61	*602*
	副	4	61	*604*
	妇	5	79	*800*
	富	5	79	*801*
	复	5	79	*803*
	复	5	79	*804*
	腹	6	96	*975*
	赋	7	123	*1261*
	缚	8	147	*1532*
	赴	8	148	*1545*
	覆	8	148	*1549*
	附	9	178	*1879*
	阜	9	199	*2098*
	讣	9	199	*2099*

G

gai		ㄍㄞ		
gāi	该	8	131	*1344*
gǎi	改	4	49	*458*
gài	概	8	131	*1345*
	盖	9	188	*1968*
gan		ㄍㄢ		
gān	干	6	85	*840*
	甘	7	104	*1042*
	干	7	105	*1044*
	肝	8	132	*1352*
gǎn	感	3	31	*264*

hóng	虹	9	198	*2086*
hou	ㄏㄡ			
hóu	侯	9	162	*1688*
	喉	9	191	*2003*
hòu	后	2	17	*123*
	候	4	53	*504*
	厚	5	70	*698*
	后	6	87	*869*
hu	ㄏㄨ			
hū	呼	6	87	*867*
hú	湖	3	34	*293*
	弧	8	136	*1395*
hǔ	虎	9	190	*1999*
hù	户	2	17	*120*
	护	5	70	*696*
	互	7	109	*1097*
hua	ㄏㄨㄚ			
huā	花	1	6	*9*
huá	华	8	131	*1337*
	滑	8	132	*1351*
huà	画	2	14	*91*
	话	2	27	*240*
	化	3	31	*258*
huai	ㄏㄨㄞ			
huái	怀	9	157	*1626*
huài	坏	7	104	*1038*
huan	ㄏㄨㄢ			
huān	欢	7	105	*1046*
huán	环	7	105	*1048*
huǎn	缓	8	133	*1359*
huàn	唤	8	132	*1356*
	换	8	132	*1357*
	幻	8	135	*1393*
	患	9	158	*1642*
huang	ㄏㄨㄤ			
huāng	荒	7	109	*1102*
	慌	8	137	*1407*
huáng	黄	2	18	*133*
	皇	6	87	*871*
hui	ㄏㄨㄟ			
huī	灰	6	84	*834*
	挥	6	85	*846*
	辉	7	106	*1055*
huí	回	2	14	*92*
huǐ	悔	8	131	*1341*
	毁	9	189	*1979*
huì	会	2	15	*93*
	绘	2	15	*95*
	惠	7	108	*1081*
	贿	9	103	*1030*
	汇	9	186	*1948*
hun	ㄏㄨㄣ			
hūn	婚	7	110	*1108*
hún	魂	8	137	*1416*
hùn	混	5	71	*704*
huo	ㄏㄨㄛ			
huó	活	2	15	*99*
huǒ	火	1	6	*8*
huò	货	4	49	*455*
	获	7	104	*1040*
	惑	7	128	*1321*
	获	8	132	*1348*
	祸	9	157	*1620*

J

ji	ㄐㄧ			
jī	机	4	50	*476*
	积	4	57	*550*
	基	5	68	*670*
	机	6	85	*845*
	激	6	86	*859*

K

kē	苛	9	187	*1961*
ké	壳	9	157	*1631*
kě	可	5	67	*655*
	渴	9	158	*1636*
kè	客	3	32	*270*
	课	4	49	*456*
	刻	6	88	*875*
	克	8	137	*1412*
ken	ㄎㄣ			
kěn	垦	8	137	*1417*
	肯	9	162	*1687*
	恳	9	163	*1698*
keng	ㄎㄥ			
kēng	坑	8	136	*1403*
kong	ㄎㄨㄥ			
kōng	空	1	7	*17*
kǒng	恐	7	107	*1073*
	孔	8	136	*1400*
kòng	控	8	136	*1406*
kou	ㄎㄡ			
kǒu	口	1	7	*22*
ku	ㄎㄨ			
kū	枯	7	109	*1094*
	堀	9	180	*1901*
	窟	9	189	*1988*
kǔ	苦	3	33	*283*
kù	库	3	34	*292*
	酷	9	163	*1696*
kua	ㄎㄨㄚ			
kuā	夸	7	109	*1095*
kuai	ㄎㄨㄞ			
kuài	快	5	67	*661*
	块	8	131	*1342*
kuan	ㄎㄨㄢ			
kuān	宽	9	159	*1647*
kuǎn	款	9	159	*1645*
kuang	ㄎㄨㄤ			
kuáng	狂	7	107	*1070*
kuàng	矿	5	70	*700*
	况	7	107	*1071*
kui	ㄎㄨㄟ			
kuì	溃	9	188	*1965*
kun	ㄎㄨㄣ			
kūn	昆	9	163	*1697*
kùn	困	6	88	*878*
kuo	ㄎㄨㄛ			
kuò	扩	6	84	*835*
	括	9	158	*1634*
L				
la	ㄌㄚ			
lā	拉	9	201	*2123*
là	辣	9	201	*2124*
lai	ㄌㄞ			
lái	来	2	27	*237*
lài	赖	7	126	*1303*
	濑	8	141	*1466*
lan	ㄌㄢ			
lán	栏	7	126	*1305*
	岚	9	186	*1944*
	蓝	9	201	*2125*
lǎn	览	6	98	*1001*
làn	滥	8	152	*1588*
lang	ㄌㄤ			
lǎng	朗	6	98	*1005*
láng	郎	7	128	*1320*
	廊	8	153	*1604*
làng	浪	8	153	*1603*
lao	ㄌㄠ			
láo	劳	4	64	*639*
lǎo	老	4	64	*638*

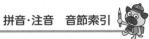

le		ㄌㄜ		
lè	乐	2	15	*98*
lei		ㄌㄟ		
léi	雷	7	126	*1302*
lěi	垒	9	183	*1936*
lèi	类	4	63	*632*
	泪	7	127	*1311*
	累	9	183	*1935*
leng		ㄌㄥ		
lěng	冷	4	64	*634*
li		ㄌㄧ		
lí	离	7	126	*1306*
	厘	8	152	*1595*
	梨	9	197	*2082*
	璃	9	201	*2126*
lǐ	里	2	27	*238*
	理	2	27	*239*
	礼	3	46	*436*
	里	6	98	*1002*
lì	立	1	12	*77*
	力	1	12	*78*
	利	4	63	*626*
	例	4	64	*635*
	历	4	64	*636*
	粒	7	127	*1307*
	隶	7	127	*1312*
	丽	7	127	*1314*
	历	7	127	*1315*
	吏	8	152	*1589*
	励	8	152	*1596*
	痢	9	182	*1925*
	戾	9	183	*1937*
	栃	9	197	*2076*
	栗	9	201	*2127*
lian		ㄌㄧㄢ		
lián	连	4	64	*637*
	廉	8	153	*1600*
	镰	9	188	*1974*
liàn	练	3	46	*438*
	恋	7	127	*1318*
	炼	8	153	*1601*
liang		ㄌㄧㄤ		
liáng	良	4	63	*628*
	量	4	63	*630*
	粮	8	152	*1594*
	凉	9	182	*1931*
liǎng	两	3	46	*434*
liao		ㄌㄧㄠ		
liáo	疗	7	127	*1309*
	僚	9	183	*1932*
	寮	9	183	*1933*
liǎo	了	8	152	*1591*
liào	料	4	63	*629*
	瞭	9	201	*2129*
lie		ㄌㄧㄝ		
liè	列	3	46	*437*
	劣	7	127	*1316*
	烈	7	127	*1317*
	猎	8	152	*1592*
	裂	8	153	*1599*
lin		ㄌㄧㄣ		
lín	林	1	12	*79*
	临	6	98	*1004*
	邻	7	127	*1310*
lìn	赁	6	94	*953*
ling		ㄌㄧㄥ		
líng	龄	7	127	*1313*
	陵	8	152	*1593*
	零	8	152	*1597*
	灵	8	152	*1598*

líng	铃	9	183	*1938*
lǐng	领	5	81	*825*
	令	4	64	*633*
liu	ㄌㄧㄡ			
liú	流	3	45	*432*
	留	5	81	*824*
	硫	9	182	*1929*
	琉	9	201	*2130*
liǔ	柳	9	182	*1927*
liù	六	1	12	*80*
long	ㄌㄨㄥ			
lóng	泷	8	144	*1494*
	隆	8	152	*1590*
	龙	9	182	*1928*
	笼	9	202	*2134*
lou	ㄌㄡ			
lóu	楼	8	153	*1605*
lòu	漏	8	153	*1606*
lu	ㄌㄨ			
lú	炉	8	153	*1602*
lǔ	虏	9	182	*1930*
lù	路	3	46	*439*
	陆	4	63	*627*
	录	4	64	*640*
	露	7	128	*1319*
	鹿	9	192	*2021*
	赂	9	201	*2132*
	麓	9	202	*2135*
lü	ㄌㄩ			
lǚ	旅	3	46	*433*
	履	9	182	*1926*
	侣	9	201	*2128*
	吕	9	201	*2131*
lǜ	绿	3	46	*435*
	律	6	98	*1003*
lǜ	虑	7	127	*1308*
luan	ㄌㄨㄢ			
luàn	乱	6	98	*999*
lüe	ㄌㄩㄝ			
lüè	略	5	81	*823*
lun	ㄌㄨㄣ			
lún	轮	4	63	*631*
	伦	9	183	*1934*
lùn	论	6	99	*1006*
luo	ㄌㄨㄛ			
luó	罗	9	182	*1923*
luǒ	裸	8	152	*1587*
luò	落	3	45	*431*
	络	7	126	*1304*
	酪	9	182	*1924*

M

ma	ㄇㄚ			
má	麻	9	180	*1903*
mǎ	马	2	24	*210*
mà	骂	9	198	*2088*
mai	ㄇㄞ			
mái	埋	8	150	*1574*
mǎi	买	2	24	*212*
mài	卖	2	24	*211*
	麦	2	25	*213*
	脉	4	62	*618*
man	ㄇㄢ			
mán	蛮	8	147	*1538*
mǎn	满	4	62	*616*
màn	慢	7	124	*1281*
	漫	7	124	*1282*
mang	ㄇㄤ			
máng	忙	7	124	*1273*
	盲	9	181	*1910*
mao	ㄇㄠ			

音節索引

M

māo	猫	9	178	*1874*
máo	毛	2	26	*230*
	矛	7	125	*1285*
mào	贸	5	80	*813*
	冒	7	124	*1276*
	帽	7	124	*1278*
	茂	7	125	*1288*
	貌	9	199	*2106*
mei	ㄇㄟ			
méi	梅	4	60	*592*
	枚	6	97	*988*
	媒	9	177	*1860*
	眉	9	198	*2095*
měi	每	2	26	*225*
	美	3	43	*398*
mèi	妹	2	26	*226*
	魅	8	151	*1577*
	昧	9	200	*2110*
men	ㄇㄣ			
mén	门	2	26	*231*
meng	ㄇㄥ			
méng	盟	6	97	*991*
měng	猛	7	125	*1289*
mèng	梦	5	80	*816*
mi	ㄇㄧ			
mí	迷	5	80	*817*
	谜	9	197	*2083*
	弥	9	200	*2116*
mǐ	米	2	25	*220*
mì	秘	6	96	*974*
	密	6	97	*990*
	泌	8	148	*1541*
	蜜	9	200	*2112*
mian	ㄇㄧㄢ			
mián	绵	5	80	*818*
mián	眠	7	125	*1284*
miǎn	勉	3	44	*413*
	免	8	151	*1579*
miàn	面	3	44	*417*
	面	9	200	*2114*
miao	ㄇㄧㄠ			
miáo	描	7	122	*1252*
	苗	8	148	*1544*
miǎo	秒	3	43	*403*
miào	妙	7	125	*1283*
mie	ㄇㄧㄝ			
miè	灭	8	151	*1578*
	蔑	9	199	*2103*
min	ㄇㄧㄣ			
mín	民	4	62	*619*
mǐn	皿	3	34	*300*
	敏	7	122	*1254*
ming	ㄇㄧㄥ			
míng	名	1	12	*75*
	明	2	26	*228*
	鸣	2	26	*229*
	铭	9	181	*1908*
	冥	9	200	*2113*
mìng	命	3	44	*416*
mo	ㄇㄛ			
mó	模	6	97	*992*
	魔	8	150	*1573*
	膜	8	151	*1575*
	摩	9	180	*1904*
	磨	9	180	*1905*
mǒ	抹	9	180	*1906*
mò	末	4	62	*615*
	默	7	125	*1291*
	墨	8	150	*1570*
	没	8	150	*1571*

mò	漠	9	177	*1864*
mou		ㄇㄡ		
móu	谋	8	150	*1569*
mǒu	某	8	150	*1567*
mu		ㄇㄨ		
mǔ	母	2	25	*222*
	亩	9	170	*1778*
mù	木	1	12	*73*
	目	1	12	*76*
	牧	4	62	*614*
	墓	5	80	*809*
	暮	6	97	*982*
	幕	6	97	*989*
	募	8	149	*1553*
	慕	8	149	*1554*
	睦	9	199	*2108*
N				
na		ㄋㄚ		
nà	纳	6	95	*963*
	那	9	197	*2080*
nai		ㄋㄞ		
nài	耐	7	116	*1178*
	奈	9	197	*2081*
nan		ㄋㄢ		
nán	男	1	10	*57*
	南	2	24	*208*
	难	6	95	*960*
nao		ㄋㄠ		
nǎo	脑	6	95	*964*
	恼	7	120	*1227*
nei		ㄋㄟ		
nèi	内	2	24	*207*
neng		ㄋㄥ		
néng	能	5	78	*787*
ni		ㄋㄧ		
ní	泥	9	175	*1837*
	尼	9	176	*1852*
nǐ	拟	9	159	*1655*
nì	逆	5	68	*675*
	匿	8	146	*1524*
	溺	9	196	*2070*
nian		ㄋㄧㄢ		
nián	年	1	11	*68*
	粘	8	147	*1528*
niǎn	捻	9	198	*2087*
niàn	念	4	60	*590*
niang		ㄋㄧㄤ		
niáng	娘	7	125	*1287*
	娘	8	140	*1450*
niàng	酿	9	168	*1763*
niao		ㄋㄧㄠ		
niǎo	鸟	2	23	*190*
niào	尿	8	19	*1527*
ning		ㄋㄧㄥ		
níng	凝	8	134	*1377*
	宁	9	176	*1855*
niu		ㄋㄧㄡ		
niú	牛	2	16	*108*
nong		ㄋㄨㄥ		
nóng	农	3	42	*386*
	浓	7	120	*1228*
nòng	弄	9	202	*2133*
nu		ㄋㄨ		
nú	奴	7	118	*1208*
nǔ	努	4	59	*582*
nù	怒	7	118	*1209*
nü		ㄋㄩ		
nǚ	女	1	9	*37*
nuan		ㄋㄨㄢ		
nuǎn	暖	6	93	*945*

Q

ruò	弱	2	20	*154*
	若	6	89	*896*

S

sai	ㄙㄞ			
sāi	塞	9	191	*2012*
san	ㄙㄢ			
sān	三	1	8	*25*
sǎn	伞	9	164	*1710*
sàn	散	4	54	*519*
sang	ㄙㄤ			
sāng	桑	8	143	*1482*
	丧	9	172	*1802*
sao	ㄙㄠ			
sāo	骚	7	115	*1174*
sǎo	扫	8	143	*1483*
se	ㄙㄜ			
sè	色	2	20	*162*
	涩	9	166	*1730*
sen	ㄙㄣ			
sēn	森	1	9	*40*
seng	ㄙㄥ			
sēng	僧	7	115	*1172*
sha	ㄕㄚ			
shā	杀	4	37	*515*
	砂	6	88	*879*
	沙	9	191	*2009*
shan	ㄕㄢ			
shān	山	1	8	*26*
	杉	9	170	*1777*
shàn	善	6	92	*929*
	扇	7	115	*1169*
	缮	8	142	*1476*
	膳	9	194	*2045*
shang	ㄕㄤ			
shāng	商	3	37	*333*
shāng	伤	6	91	*912*
shǎng	赏	4	56	*542*
shàng	上	1	9	*39*
	尚	9	167	*1746*
shao	ㄕㄠ			
shāo	烧	4	56	*539*
shǎo	少	2	20	*160*
shào	绍	7	113	*1145*
she	ㄕㄜ			
shé	舌	5	75	*755*
	蛇	9	165	*1718*
shě	舍	6	89	*894*
shè	社	2	20	*153*
	舍	5	73	*727*
	设	5	75	*754*
	射	6	89	*893*
	赦	8	139	*1434*
	摄	8	142	*1474*
	涉	9	167	*1750*
shei	ㄕㄟ			
shéi	谁	9	195	*2058*
shen	ㄕㄣ			
shēn	申	3	38	*338*
	身	3	38	*339*
	深	3	38	*342*
	伸	8	141	*1455*
	娠	9	169	*1766*
	绅	9	169	*1767*
shén	神	3	38	*340*
shěn	审	8	141	*1457*
shèn	慎	7	114	*1156*
	甚	9	169	*1771*
	肾	9	193	*2033*
sheng	ㄕㄥ			
shēng	生	1	9	*44*

音節索引

S

shēng	声	2	21	*170*
	升	8	140	*1443*
	牲	8	142	*1467*
	升	9	167	*1743*
shéng	绳	9	168	*1761*
	省	4	56	*546*
shèng	胜	3	37	*335*
	盛	6	91	*921*
	圣	6	92	*922*
	剩	9	168	*1760*
shi		ㄕ		
shī	诗	3	35	*307*
	失	4	55	*529*
	师	5	72	*720*
	施	8	138	*1427*
	湿	8	139	*1433*
shí	十	1	8	*35*
	石	1	9	*47*
	时	2	19	*151*
	食	2	20	*163*
	实	3	35	*312*
	拾	3	36	*321*
shǐ	矢	2	19	*145*
	使	3	35	*303*
	始	3	35	*304*
	史	4	54	*523*
shì	市	2	19	*144*
	室	2	19	*152*
	仕	3	35	*301*
	事	3	35	*309*
	式	3	35	*311*
	世	3	38	*344*
	士	4	54	*521*
	氏	4	54	*522*
	试	4	55	*525*
shì	示	5	72	*723*
	识	5	73	*725*
	势	5	74	*747*
	适	5	77	*778*
	视	6	89	*889*
	释	7	111	*1126*
	饰	7	113	*1150*
	是	7	115	*1163*
	侍	8	138	*1429*
	逝	9	170	*1780*
	誓	9	170	*1781*
	柿	9	188	*1970*
	拭	9	193	*2030*
shou		ㄕㄡ		
shōu	收	6	90	*898*
shǒu	手	1	8	*34*
	首	2	20	*155*
	守	3	36	*316*
shòu	受	3	36	*319*
	授	5	73	*729*
	狩	7	112	*1129*
	兽	7	112	*1136*
	寿	8	139	*1437*
	瘦	9	195	*2050*
shu		ㄕㄨ		
shū	书	2	20	*159*
	输	5	80	*819*
	殊	8	139	*1436*
	叔	9	166	*1732*
	淑	9	166	*1733*
	枢	9	169	*1774*
	疏	9	171	*1795*
shú	熟	6	90	*905*
	塾	9	166	*1735*
shǔ	暑	3	37	*329*

shǔ	属	5	76	*766*
	署	6	90	*908*
shù	数	2	21	*168*
	束	4	58	*561*
	述	5	73	*731*
	术	5	73	*732*
	树	6	89	*897*
	庶	9	167	*1740*
shua		ㄕㄨㄚ		
shuā	刷	4	54	*514*
shuai		ㄕㄨㄞ		
shuāi	衰	8	141	*1460*
shuài	率	5	76	*767*
	帅	9	169	*1772*
shuan		ㄕㄨㄢ		
shuān	栓	9	170	*1786*
shuang		ㄕㄨㄤ		
shuāng	双	8	143	*1481*
	霜	9	172	*1804*
shuǎng	爽	9	195	*2040*
shui		ㄕㄨㄟ		
shuǐ	水	1	9	*42*
shuì	税	5	75	*750*
	睡	9	169	*1773*
shun		ㄕㄨㄣ		
shùn	顺	4	55	*534*
	瞬	7	112	*1137*
shuo		ㄕㄨㄛ		
shuō	说	4	57	*553*
si		ㄙ		
sī	丝	1	8	*29*
	思	2	19	*147*
	司	4	54	*524*
	私	6	89	*887*
sǐ	死	3	35	*302*
sì	四	1	8	*28*
	寺	2	19	*149*
	饲	5	72	*722*
	似	5	72	*724*
	伺	7	111	*1117*
	嗣	9	164	*1712*
song		ㄙㄨㄥ		
sōng	松	4	55	*536*
sòng	送	3	39	*349*
	讼	9	167	*1751*
sou		ㄙㄡ		
sōu	搜	9	171	*1799*
su		ㄙㄨ		
sú	俗	7	116	*1177*
sù	宿	3	37	*327*
	速	3	39	*352*
	素	5	75	*759*
	诉	7	115	*1171*
	肃	9	166	*1734*
	塑	9	171	*1796*
	溯	9	194	*2047*
suan		ㄙㄨㄢ		
suān	酸	5	72	*715*
suàn	算	2	19	*142*
sui		ㄙㄨㄟ		
suí	随	8	141	*1464*
suǐ	髓	8	141	*1465*
suì	岁	7	110	*1111*
	遂	8	141	*1462*
	穗	8	141	*1463*
	碎	9	163	*1702*
sun		ㄙㄨㄣ		
sūn	孙	4	58	*565*
sǔn	损	5	76	*768*
suo		ㄙㄨㄛ		

tōng	通	2	23	*193*
tóng	同	2	24	*204*
	童	3	42	*385*
	铜	5	77	*781*
	瞳	9	197	*2075*
tǒng	统	5	77	*780*
	筒	9	175	*1844*
tòng	痛	6	94	*954*
tou	ㄊㄡ			
tóu	头	2	24	*203*
	投	3	41	*378*
tòu	透	7	119	*1215*
tu	ㄊㄨ			
tū	突	7	120	*1223*
	凸	9	176	*1849*
tú	图	2	21	*167*
	徒	4	59	*581*
	途	7	118	*1206*
	涂	8	146	*1520*
tǔ	土	1	11	*64*
	吐	7	118	*1205*
tuan	ㄊㄨㄢ			
tuán	团	5	76	*772*
tui	ㄊㄨㄟ			
tuī	推	6	91	*919*
tuì	退	5	76	*769*
tun	ㄊㄨㄣ			
tún	豚	8	146	*1526*
	屯	9	176	*1850*
tuo	ㄊㄨㄛ			
tuō	脱	7	116	*1183*
	托	8	144	*1497*
tuó	驮	9	172	*1809*
tuǒ	妥	9	172	*1806*
tuò	拓	7	116	*1181*
tuò	唾	9	195	*2055*
W				
wa	ㄨㄚ			
wǎ	瓦	9	187	*1963*
wai	ㄨㄞ			
wài	外	2	15	*96*
wan	ㄨㄢ			
wān	湾	8	158	*1607*
wán	丸	2	15	*101*
	完	4	49	*464*
	顽	9	159	*1651*
	玩	9	188	*1976*
wǎn	晚	6	96	*971*
	宛	9	186	*1943*
wàn	万	2	26	*227*
	腕	7	128	*1322*
wang	ㄨㄤ			
wáng	王	1	6	*5*
	亡	6	97	*985*
wǎng	往	5	66	*652*
	网	7	125	*1290*
wàng	望	4	62	*613*
	忘	6	97	*986*
	妄	9	181	*1909*
	旺	9	187	*1957*
wei	ㄨㄟ			
wēi	危	6	85	*844*
	威	7	102	*1010*
	微	7	122	*1250*
wéi	围	4	48	*446*
	为	7	103	*1011*
	违	7	103	*1013*
	维	7	103	*1014*
	唯	9	181	*1916*
wěi	委	3	30	*245*

Y

yā	押	7	103	*1028*
yá	芽	4	49	*457*
	涯	9	157	*1628*
	牙	9	187	*1962*
	崖	9	188	*1967*
yǎ	雅	7	104	*1034*
yà	亚	9	156	*1608*
yan	ㄧㄢ			
yān	烟	7	103	*1024*
	咽	9	186	*1950*
yán	岩	2	15	*102*
	颜	2	15	*103*
	言	2	17	*118*
	研	3	36	*290*
	盐	4	48	*451*
	延	6	84	*831*
	沿	6	84	*832*
	严	6	87	*865*
	炎	8	130	*1328*
yǎn	演	5	66	*650*
	眼	5	68	*669*
yàn	验	4	52	*500*
	宴	8	130	*1329*
	艳	9	187	*1956*
yang	ㄧㄤ			
yāng	央	3	31	*254*
yáng	羊	3	45	*426*
	洋	3	45	*427*
	阳	3	45	*429*
	扬	8	151	*1583*
	疡	9	201	*2121*
yǎng	养	4	63	*624*
	仰	7	107	*1076*
yàng	样	3	45	*430*
yao	ㄧㄠ			
yāo	腰	7	126	*1298*
	妖	9	178	*2120*
yáo	谣	7	126	*1300*
	摇	8	151	*1584*
	窑	9	182	*1922*
yào	曜	2	26	*236*
	药	3	44	*420*
	要	4	63	*623*
ye	ㄧㄝ			
yě	野	2	26	*233*
	冶	9	200	*2115*
yè	夜	2	26	*232*
	业	3	33	*278*
	叶	3	45	*428*
	液	5	66	*649*
	谒	9	156	*1614*
yi	ㄧ			
yī	一	1	6	*1*
	医	3	30	*244*
	衣	4	48	*444*
	依	7	102	*1009*
	壹	7	102	*1016*
yí	移	5	66	*642*
	遗	6	84	*827*
	疑	6	85	*848*
	仪	7	106	*1056*
	宜	9	159	*1653*
yǐ	以	4	48	*443*
	乙	8	130	*1332*
	椅	9	186	*1947*
yì	意	3	30	*246*
	驿	3	31	*253*
	役	3	44	*419*
	亿	4	48	*452*
	议	4	51	*477*

yì	艺	4	52	*495*
	易	5	66	*647*
	益	5	66	*648*
	义	5	68	*674*
	异	6	84	*826*
	译	6	97	*993*
	翌	6	98	*998*
	忆	7	103	*1030*
	刈	7	104	*1041*
	翼	7	126	*1301*
	抑	8	151	*1586*
	逸	9	156	*1610*
	疫	9	156	*1613*
	臆	9	187	*1959*
	诣	9	190	*1990*

yin 一ㄣ

yīn	音	1	6	*6*
	因	5	66	*643*
	阴	7	102	*1018*
	姻	9	156	*1611*
yín	银	3	33	*281*
	吟	9	161	*1668*
	淫	9	186	*1951*
yǐn	引	2	14	*81*
	饮	3	30	*250*
	隐	7	103	*1019*
yìn	印	4	48	*448*

ying 一ㄥ

yīng	英	4	48	*449*
	应	5	66	*651*
	樱	5	67	*653*
yíng	营	5	66	*645*
	迎	7	108	*1084*
	萤	9	161	*1674*
yǐng	影	7	103	*1020*
yìng	映	6	84	*830*
	硬	8	137	*1408*

yong ㄩㄥ

yōng	拥	8	151	*1585*
	庸	9	182	*1921*
yǒng	泳	3	30	*252*
	勇	4	63	*622*
	永	5	66	*644*
	踊	7	126	*1299*
	咏	8	130	*1325*
	涌	9	200	*2119*
yòng	用	2	26	*235*

you 一ㄡ

yōu	优	6	98	*995*
	幽	8	151	*1580*
	忧	8	151	*1582*
	悠	9	181	*1917*
yóu	由	3	45	*421*
	油	3	45	*422*
	游	3	45	*424*
	邮	6	98	*994*
	犹	9	181	*1918*
yǒu	友	2	26	*234*
	有	3	45	*423*
yòu	右	1	6	*2*
	幼	6	98	*996*
	又	8	151	*1576*
	诱	8	151	*1581*

yu ㄩ

yú	鱼	2	16	*109*
	渔	4	51	*483*
	余	5	80	*820*
	愚	8	134	*1380*
	娱	8	136	*1398*
	虞	9	156	*1618*

yū	隅	9	161	*1669*
	愉	9	181	*1913*
yǔ	雨	1	6	*3*
	羽	2	14	*82*
	语	2	17	*124*
	宇	6	84	*829*
	与	7	126	*1295*
yù	玉	1	7	*15*
	育	3	30	*247*
	预	3	45	*425*
	浴	4	63	*625*
	预	5	81	*821*
	域	6	84	*828*
	欲	6	98	*997*
	芋	7	102	*1017*
	御	7	107	*1067*
	誉	7	126	*1296*
	遇	8	134	*1382*
	狱	8	137	*1413*
	谕	0	181	*1914*
	愈	9	181	*1915*
	裕	9	181	*1919*
	郁	9	187	*1953*
	喻	9	200	*2118*
yuan		ㄩㄢ		
yuán	圆	1	6	*4*
	园	2	14	*84*
	元	2	17	*117*
	原	2	17	*119*
	员	3	30	*248*
	源	6	87	*864*
	援	7	103	*1023*
	缘	7	103	*1026*
	猿	9	156	*1615*
	垣	9	157	*1629*

yuán	媛	9	187	*1955*
yuǎn	远	2	14	*85*
yuàn	院	3	30	*249*
	愿	4	50	*469*
	怨	9	187	*1954*
yue		ㄩㄝ		
yuē	约	4	63	*621*
yuè	月	1	7	*18*
	越	7	103	*1022*
	跃	7	125	*1293*
	悦	8	130	*1326*
	阅	8	130	*1327*
	岳	8	132	*1349*
yun		ㄩㄣ		
yún	云	2	14	*83*
yùn	运	3	30	*251*
	韵	9	156	*1612*

Z

za		ㄗㄚ		
zá	杂	5	72	*714*
zai		ㄗㄞ		
zāi	灾	5	71	*707*
	栽	9	164	*1704*
zǎi	宰	9	163	*1703*
zài	再	5	71	*706*
	在	5	71	*711*
	载	7	110	*1112*
zan		ㄗㄢ		
zǎn	拶	9	192	*2016*
zàn	赞	5	72	*716*
	暂	8	138	*1425*
zang		ㄗㄤ		
zāng	脏	6	93	*937*
	葬	8	143	*1484*
zao		ㄗㄠ		

zāo	遭	8	143	*1485*
zǎo	早	1	10	*52*
	藻	9	172	*1805*
zào	造	5	76	*761*
	燥	7	115	*1173*
ze	ㄗㄜ			
zé	责	5	75	*751*
	则	5	76	*764*
	泽	7	116	*1180*
	择	8	144	*1495*
zei	ㄗㄟ			
zéi	贼	8	143	*1488*
zeng	ㄗㄥ			
zēng	增	5	76	*763*
	憎	8	143	*1486*
	曾	9	194	*2048*
zèng	赠	7	116	*1175*
zha	ㄓㄚ			
zhá	札	4	54	*513*
zhà	榨	8	138	*1421*
	诈	9	163	*1701*
	栅	9	192	*2014*
zhai	ㄓㄞ			
zhāi	摘	7	118	*1201*
	斋	9	164	*1705*
zhái	宅	6	93	*940*
zhài	债	8	137	*1418*
zhan	ㄓㄢ			
zhǎn	展	6	94	*955*
	斩	9	192	*2017*
zhàn	战	4	57	*555*
	占	7	115	*1168*
	栈	9	164	*1709*
	绽	9	195	*2060*
zhang	ㄓㄤ			

zhāng	章	3	37	*334*
	张	5	77	*775*
	彰	9	168	*1756*
zhǎng	掌	8	140	*1444*
zhàng	帐	3	40	*368*
	障	6	91	*913*
	丈	7	113	*1147*
zhao	ㄓㄠ			
zhāo	朝	2	23	*191*
	昭	3	37	*331*
	招	5	73	*735*
zhǎo	沼	7	113	*1143*
	爪	9	196	*2067*
zhào	照	4	56	*541*
	兆	4	59	*573*
	召	7	113	*1141*
	诏	9	168	*1754*
zhe	ㄓㄜ			
zhē	遮	9	165	*1717*
zhé	折	4	57	*551*
	哲	8	146	*1518*
zhě	者	3	36	*314*
zhen	ㄓㄣ			
zhēn	真	3	38	*341*
	针	6	91	*916*
	珍	7	117	*1198*
	贞	9	174	*1833*
	侦	9	174	*1835*
zhěn	诊	9	169	*1768*
	枕	9	200	*2111*
zhèn	振	7	114	*1153*
	震	7	114	*1157*
	阵	7	114	*1160*
	镇	8	145	*1513*
	朕	9	174	*1825*

zheng	ㄓㄥ			
zhēng	争	4	57	*558*
	蒸	6	91	*915*
	征	7	115	*1166*
	征	7	117	*1195*
zhěng	整	3	38	*345*
zhèng	正	1	9	*43*
	证	5	74	*737*
	政	5	74	*746*
	症	9	167	*1748*
zhi	ㄓ			
zhī	知	2	22	*186*
	支	5	72	*717*
	枝	5	72	*719*
	织	5	74	*742*
	脂	7	111	*1119*
	芝	7	111	*1123*
	只	8	142	*1471*
	肢	9	164	*1711*
	汁	9	166	*1720*
zhí	直	2	23	*192*
	植	3	38	*337*
	职	5	74	*743*
	值	6	94	*946*
	执	7	111	*1122*
	殖	7	113	*1149*
zhǐ	止	2	19	*143*
	纸	2	19	*148*
	指	3	35	*305*
	旨	7	111	*1116*
	祉	8	138	*1426*
zhì	治	4	55	*527*
	置	4	58	*570*
	志	5	72	*718*
	质	5	73	*726*
zhì	制	5	74	*744*
	制	5	75	*749*
	至	6	89	*886*
	志	6	89	*891*
	致	7	117	*1190*
	滞	8	144	*1493*
	稚	8	145	*1503*
	窒	8	145	*1505*
	秩	9	173	*1816*
	挚	9	192	*2019*
	致	9	196	*2061*
zhong	ㄓㄨㄥ			
zhōng	中	1	10	*59*
	终	3	36	*322*
	忠	6	94	*948*
	钟	8	140	*1448*
	衷	9	173	*1818*
zhǒng	种	4	55	*531*
	冢	9	174	*1826*
	肿	9	192	*2024*
zhòng	重	3	37	*326*
	仲	4	58	*571*
	众	6	90	*901*
zhou	ㄓㄡ			
zhōu	周	2	20	*157*
	州	3	36	*320*
	周	4	55	*532*
	舟	7	112	*1132*
zhóu	轴	8	139	*1431*
zhǒu	肘	9	199	*2097*
zhòu	昼	2	22	*188*
	宙	6	94	*947*
	咒	9	193	*2025*
	酎	9	196	*2062*
zhu	ㄓㄨ			

zǔ		祖	5	65	*758*
		阻	8	127	*1477*
	zui	ㄗㄨㄟ			
zuì		最	4	53	*510*
		罪	5	72	*713*
		醉	8	141	*1461*
	zun	ㄗㄨㄣ			
zūn		尊	6	93	*939*
		遵	8	139	*1439*
	zuo	ㄗㄨㄛ			
zuó		昨	4	53	*512*
zuǒ		左	1	7	*24*
		佐	9	163	*1699*
zuò		作	2	19	*141*
		座	6	88	*880*
		日本国字			
		畑	3	42	*391*
		込	7	110	*1107*
		峠	7	119	*1222*
		枠	9	183	*1940*
		匂	9	198	*2085*

常用漢字表附表

★單一個字沒有這種讀法，而以單詞就有下列特殊讀法。
★用紅色表示的是在小學學習的單詞。

	單詞	讀法
1	明日	あす
2	小豆	あずき
3	海女·海士	あま
4	硫黄	いおう
5	意気地	いくじ
6	田舎	いなか
7	息吹	いぶき
8	海原	うなばら
9	乳母	うば
10	浮気	うわき
11	浮つく	うわつく
12	笑顔	えがお
13	叔父·伯父	おじ
14	大人	おとな
15	乙女	おとめ
16	叔母·伯母	おば
17	お巡りさん	おまわりさん
18	お神酒	おみき
19	母屋·母家	おもや
20	母さん	かあさん
21	神楽	かぐら
22	河岸	かし
23	鍛冶	かじ
24	風邪	かぜ
25	固唾	かたず
26	仮名	かな
27	蚊帳	かや
28	為替	かわせ
29	河原·川原	かわら
30	昨日	きのう
31	今日	きょう
32	果物	くだもの
33	玄人	くろうと
34	今朝	けさ
35	景色	けしき
36	心地	ここち
37	居士	こじ
38	今年	ことし
39	早乙女	さおとめ
40	雑魚	ざこ
41	桟敷	さじき
42	差し支える	さしつかえる
43	五月	さつき
44	早苗	さなえ
45	五月雨	さみだれ
46	時雨	しぐれ
47	尻尾	しっぽ
48	竹刀	しない
49	老舗	しにせ
50	芝生	しばふ
51	清水	しみず
52	三味線	しゃみせん

53	砂利	じゃり
54	数珠	じゅず
55	上手	じょうず
56	白髪	しらが
57	素人	しろうと
58	師走	しわす（しはす）
59	数寄屋・数奇屋	すきや
60	相撲	すもう
61	草履	ぞうり
62	山車	だし
63	太刀	たち
64	立ち退く	たちのく
65	七夕	たなばた
66	足袋	たび
67	稚児	ちご
68	一日	ついたち
69	築山	つきやま
70	梅雨	つゆ
71	凸凹	でこぼこ
72	手伝う	てつだう
73	伝馬船	てんません
74	投網	とあみ
75	父さん	とうさん
76	十重二十重	とえはたえ
77	読経	どきょう
78	時計	とけい
79	友達	ともだち
80	仲人	なこうど
81	名残	なごり
82	雪崩	なだれ
83	兄さん	にいさん
84	姉さん	ねえさん
85	野良	のら
86	祝詞	のりと
87	博士	はかせ
88	二十・二十歳	はたち
89	二十日	はつか
90	波止場	はとば
91	一人	ひとり
92	日和	ひより
93	二人	ふたり
94	二日	ふつか
95	吹雪	ふぶき
96	下手	へた
97	部屋	へや
98	迷子	まいご
99	真面目	まじめ
100	真っ赤	まっか
101	真っ青	まっさお
102	土産	みやげ
103	息子	むすこ
104	眼鏡	めがね
105	猛者	もさ
106	紅葉	もみじ
107	木綿	もめん
108	最寄り	もより
109	八百長	やおちょう
110	八百屋	やおや
111	大和	やまと
112	弥生	やよい
113	浴衣	ゆかた
114	行方	ゆくえ
115	寄席	よせ
116	若人	わこうど

從漢字到平假名的變化

安 あ	以 い	宇 う	衣 え	於 お
加 か	機 き	久 く	計 け	己 こ
左 さ	之 し	寸 す	世 せ	曽 そ
太 た	知 ち	川 つ	天 て	止 と
奈 な	仁 に	奴 ぬ	祢 ね	乃 の
波 は	比 ひ	不 ふ	部 へ	保 ほ
末 ま	美 み	武 む	女 め	毛 も
也 や		由 ゆ		与 よ
良 ら	利 り	留 る	礼 れ	呂 ろ
和 わ	爲 ゐ		恵 ゑ	遠 を
无 ん				

片假名的由來

ア 阿	イ 伊	ウ 宇	エ 江	オ 於
カ 加	キ 機	ク 久	ケ 介	コ 己
サ 散	シ 之	ス 須	セ 世	ソ 曽
タ 多	チ 千	ツ 川	テ 天	ト 止
ナ 奈	ニ 仁	ヌ 奴	ネ 祢	ノ 乃
ハ 八	ヒ 比	フ 不	ヘ 部	ホ 保
マ 末	ミ 三	ム 牟	メ 女	モ 毛
ヤ 也		ユ 由		ヨ 與
ラ 良	リ 利	ル 流	レ 礼	ロ 呂
ワ 和	ヰ 井		ヱ 恵	ヲ 乎
ン 尓				

日本的節日

（「国民の祝日に関する法律」に定められたもの）

元日 1月1日　成人の日 1月第2月曜日

建国記念の日 2月 11 日

春分の日 3月 23 日ごろ

昭和の日 4月 29 日

憲法記念日 5月3日　みどりの日 5月4日　こどもの日 5月5日

海の日 7月第3月曜日

山の日 8月11日

敬老の日 9月第3月曜日　秋分の日 9月21日ごろ

体育の日 10 月第2月曜日

文化の日 11月3日　勤労感謝の日 11月23日

天皇誕生日 12 月23日

關於日本的小知識

国土の広さ	377.962㎢（世界 62 位） （総務省統計局 2015 年 10 月1日）
総人口	1億2,687万6千人（世界 10 位） （総務省統計局 2015 年 9 月1日確定値）
国旗	日の丸
首都	東京都
一番高い山	富士山　海抜 3,775m
一番長い川	信濃川　長さ 367km
一番大きい湖	琵琶湖　面積 670.25㎢
一番高い塔 （2016 年 2 月現在）	東京スカイツリー　高さ 634m

日本的都道府縣

日本には、1都1道2府43県、
全部で47の都道府県があります。
それを八つの地方に分けています。
日本の首都は、東京都です。

北海道地方《ほっかいどうちほう》

①北海道《ほっかいどう》（札幌市《さっぽろし》）

東北地方《とうほくちほう》

②青森県《あおもりけん》（青森市《あおもりし》）　③岩手県《いわてけん》（盛岡市《もりおかし》）
④秋田県《あきたけん》（秋田市《あきたし》）　⑤宮城県《みやぎけん》（仙台市《せんだいし》）
⑥山形県《やまがたけん》（山形市《やまがたし》）　⑦福島県《ふくしまけん》（福島市《ふくしまし》）

関東地方《かんとうちほう》

⑧茨城県《いばらきけん》(水戸市《みとし》)
⑨栃木県《とちぎけん》(宇都宮市《うつのみやし》)
⑩群馬県《ぐんまけん》(前橋市《まえばしし》)
⑪千葉県《ちばけん》(千葉市《ちばし》)
⑫埼玉県《さいたまけん》(さいたま市《し》)
⑬東京都《とうきょうと》(新宿区《しんじゅくく》)
⑭神奈川県《かながわけん》(横浜市《よこはまし》)

中部地方《ちゅうぶちほう》

⑮新潟県《にいがたけん》(新潟市《にいがたし》)
⑯富山県《とやまけん》(富山市《とやまし》)
⑰石川県《いしかわけん》(金沢市《かなざわし》)
⑱福井県《ふくいけん》(福井市《ふくいし》)
⑲長野県《ながのけん》(長野市《ながのし》)
⑳岐阜県《ぎふけん》(岐阜市《ぎふし》)
㉑山梨県《やまなしけん》(甲府市《こうふし》)
㉒静岡県《しずおかけん》(静岡市《しずおかし》)
㉓愛知県《あいちけん》(名古屋市《なごやし》)

近畿地方《きんきちほう》

㉔滋賀県《しがけん》(大津市《おおつし》)
㉕三重県《みえけん》(津市《つし》)
㉖奈良県《ならけん》(奈良市《ならし》)
㉗和歌山県《わかやまけん》(和歌山市《わかやまし》)
㉘京都府《きょうとふ》(京都市《きょうとし》)
㉙大阪府《おおさかふ》(大阪市《おおさかし》)
㉚兵庫県《ひょうごけん》(神戸市《こうべし》)

中国地方《ちゅうごくちほう》

㉛鳥取県《とっとりけん》(鳥取市《とっとりし》)
㉜岡山県《おかやまけん》(岡山市《おかやまし》)
㉝島根県《しまねけん》(松江市《まつえし》)
㉞広島県《ひろしまけん》(広島市《ひろしまし》)
㉟山口県《やまぐちけん》(山口市《やまぐちし》)

四国地方《しこくちほう》

㊱香川県《かがわけん》(高松市《たかまつし》)
㊲徳島県《とくしまけん》(徳島市《とくしまし》)
㊳愛媛県《えひめけん》(松山市《まつやまし》)
㊴高知県《こうちけん》(高知市《こうちし》)

九州地方《きゅうしゅうちほう》

㊵福岡県《ふくおかけん》(福岡市《ふくおかし》)
㊶大分県《おおいたけん》(大分市《おおいたし》)
㊷宮崎県《みやざきけん》(宮崎市《みやざきし》)
㊸熊本県《くまもとけん》(熊本市《くまもとし》)
㊹佐賀県《さがけん》(佐賀市《さがし》)
㊺長崎県《ながさきけん》(長崎市《ながさきし》)
㊻鹿児島県《かごしまけん》(鹿児島市《かごしまし》)
㊼沖縄県《おきなわけん》(那覇市《なはし》)

編輯後序　　　　　　　漢字是活的

近幾年，由中國或外國等地轉來日本就學的學子漸增。漢語圈轉校來的孩子們對漢字雖有親近感，不過，對於日本漢字的學習還是需要努力的。

漢字在中國誕生後傳來日本，其字形在各地隨著時代持續演變著。雖說同是漢字，但有在台灣和香港等地使用的「繁體字」、在中國和新加坡等地使用的「簡體字」，以及日本的「常用漢字」。漢語圈轉來日本學校的孩子們經常把這些漢字給混淆了，因有些字完全變了樣，有些則在點和撇等處有細微的差異。

我是在日本出生的第五代華僑。小學低年級時，在大阪中華學校學習繁體字和注音符號。小學三年級起至中學畢業則是在神戶中華同文學校學習簡體字和漢語拼音。這段期間，也學習日本「國語」的常用漢字。從事教學工作後，更加意識到漢字的相異處。

數年前，為了幫助從中國來日本的孩子們學習，以手寫方式製成日本小學須學的1006個常用漢字和繁簡對照表。之後，友人建議我收錄編輯成書，因而追加了中學須學的1130個字。注音符號的輸入承蒙東京中華學校的陳柏齡先生的幫助，友人蔡明波氏及本田玉娟氏則耐心地賜予校正。衷心感謝諸位！

2013年，經日中韓賢人會議的提議而收錄發表了808個漢字的「日中韓共同常用八百漢字表」。漢字在中國已有三千年以上的歷史，在日本及韓國漢字使用歷史也逾千年。即使語言不通，用漢字也能以筆談進行一定程度的溝通。不過，「走」字，日語是跑、漢語是走的意思等，必須注意其含意不同。再者，日本和中國的漢字在筆順和筆劃等也有相異之處。學習漢字時，不僅要記得字形，還要學得讀音、意思、單詞等用法才行。因此我認為，從漢語圈轉來日本的孩子們學習日本漢字很容易的想法是有待商榷的。中國採用簡體字已半世紀以上，台灣和中國的年輕一代雖然口語上能溝通，但在文字方面可能彼此不甚理解。

希望這本漢字對照表，不僅僅能幫助漢語圈來日本的孩子們，也願能增加從事日本語教學的老師們對漢字的理解。對於正在學習日語及漢語者以及穿梭繁簡兩種字體間工作的人們等，祈念作為一本工具書，能對各位有所助益。

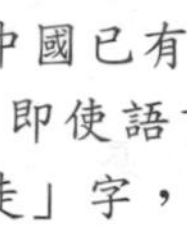

2015年秋
伊奈垣圭映(梁佳惠)

Profile

伊奈垣圭映（いながき よしえ）

在日第五代華僑。舊名為梁佳惠。
畢業於武庫川女子短期大學初等教育科。
曾任母校神戶中華同文學校教師、文化旅行領隊、口譯等。
擔任過東大阪市、神戶市、蘆屋市公立小學教師，
目前擔任於大阪市公立小學教師。

陣条和榮（じんじょう かずえ）

插畫家。
畢業於大阪藝術大學短期大學部設計美術學科。
曾任職於大阪設計公司，目前為自由創作者。
主要工作有吉祥物設計，導覽手冊與童話書繪圖、
幼稚園的壁畫等。並定期舉辦個展。
URL　http://jinjo.jp

國家圖書館出版品預行編目資料

一目瞭然對照表 ： 日文的漢字 中文的漢字
/ 伊奈垣圭映編. — 初版. — 臺北市 :
鴻儒堂, 民107.03
面； 公分
ISBN 978-986-6230-35-6(平裝)

1.日語漢字

803.114　　107002594

一目瞭然對照表

日文的漢字　中文的漢字

定價：300元

2018年（民107年） 3月初版一刷
本出版社經行政院新聞局核准登記
登記證字號：局版臺業字1292號

著　　者：伊奈垣圭映
封面設計
內文插圖：陣条和榮
發 行 所：鴻儒堂出版社
發 行 人：黃成業
地　　址：台北市博愛路9號5樓之1
電　　話：02-2311-3823
傳　　真：02-2361-2334
郵政劃撥：01553001
電子信箱：hjt903@ms25.hinet.net

◎　本書經作者伊奈垣圭映・陣条和榮授權在台發行
原書名：**ちがいがわかる対照表　日本の漢字　中国の漢字**
2015年12月25日由**水山産業株式会社**在日本發行
◎　本書僅限銷售於台灣、新加坡、香港、澳門地區，禁止於日本國內販售

鴻儒堂出版社設有網頁，歡迎多加利用
網址：http://www.hjtbook.com.tw